心靈勵志系列 32

媽咪放輕鬆

洪金蘭 著

LITERARY TIMES
博客思出版社

【美麗的心境，創造美好的生活】

台中地方法院（家事調解）調解委員　陳伶珠

在大學畢業多年之後，金蘭和我藉由臉書聯繫上了，這些年來，我們並沒有特別的聯絡。當金蘭把這本書的文稿給我看之後，我著實感到驚訝，我對我這大學同窗實在要重新認識了！這本書集結了金蘭最近幾年投書在報章上的短文，每一篇都很容易讀，不會令人感到負荷的文字；每一個主題都很生活化，不會令人感到窒息的壓力；每一段描述都很美，不會令人感到枯燥！我有幸一口氣全看完，實在是精采！金蘭把讀者當成她的朋友，將她的生活體驗、思考、挫折、省思，全都一一細細道來，我讀著讀著，彷彿我也看到了同樣的景物、經驗到相同的情境，我與金蘭將近二十年未見面，卻一點也不感到陌生，我這位同學的文采著實令我敬佩！

原本以為這是一本小書，很快就可以看完，但是每一篇讀來，都讓我心情隨之起伏，也激發我重新省視自己的生活、與家人的互動以及對周遭事物的感動！細細品味其中，更覺驚奇，金蘭有著豐富的生命體驗，也有精采的生活想像，連當全職家庭主婦期間也沒有閒著，練瑜伽、參加研習課程、閱讀書籍、體驗生活、分享生活智慧、發

夢……也藉由寫作抒發情感及創意，重要的是，她沒有忘記去關照自己的需要！**我想，這本書與眾不同之處，是金蘭用美麗的心境去體驗生活當中的點點滴滴，一些非常簡單、再細微不過的人、事、物，在她眼中，盡是美好的景像，就算是挫敗的事件，也能轉化成正向的力量，她對生活的體會與觀察，從瑣碎事物所吸取的知識與經驗，全都正向反饋在她自己以及家人身上**。多麼美好的生活啊！原來，生活可以這麼美，人生可以這麼快活！我實在要向金蘭這位現代女性看齊了！

【好故事觸動讀者的心】

心理出版社副總經理兼總編輯　林敬堯

我是金蘭的大學同學，不過在學校時還不知道她這麼會寫文章。近幾年陸陸續續知道她寫的散文刊載在報章上，偶爾我也會看一下，有幾篇真是令人驚豔，如今得知她要出書了，真是替她高興。

金蘭的文筆相當生活化，常從內心的角度剖析一件事情的前因後果，從中再加入她的感想，讀來毫不費力，但卻會觸動到我們的內心深處，讓我們能在反思的過程中享受自我。

好故事的魅力在於能觸動讀者的想法，我想金蘭已經做到這點，在此推薦這本書，相信讀者能從中獲益。

【簡單的幸福】

文理補習班英文講師　蔡富吉

我常想：在生命的過程中，如果能將生活體悟付諸文字與他人分享，那會是多麼令人歡喜的事；若是分享幸福的秘訣就更令人欣賞了！我的好同學金蘭就是擁有這種能力的人。她的文章中簡單卻帶感情豐富的筆調，讓我時常不自覺地跟著她一起品嘗生命中的酸甜苦辣，一起體驗生活中的喜怒哀樂。

這本書是集合金蘭這幾年來創作的文章，是她對於生活的感悟心得，寫實又帶有濃濃的感情，讓人讀來回味無窮，並且跟著她一起在時光隧道中旅行，一起去體會生活中的小確幸，這種簡單的幸福，我想就是金蘭想要傳達和我們分享的吧！

【目錄】

二、戲夢呢語

【目錄】

四、心靈隨筆

五、育兒錄

一、初探之心

我要的不多

我一直等待著到河岸觀賞河景的空閒，今天終於盼到這片刻獨處的時光了。

早晨八點時分，我邁著閒散的腳步往河岸的方向走去，路過尚未開門的郵局，見不著行色匆匆的上班族，越靠近河邊，越能感受到舒緩寧靜的氣息。

一群麻雀在不規則的石板路上啄食，偶爾車子經過，便一躍而起飛向藍空，在遠山與河水的映照下，讓人感受到生物靈動的美。在我的正前方有一對年約六十的同性旅者，看來像是感情極好的手帕交，一起結伴同遊，真叫人羨慕不已……。

我找了一處陰涼的石椅坐下，一位年輕的女性過來詢問：「請問漁人碼頭怎麼走？」我才剛提了一、兩句，便有個晨起運動的熱心人士代我回答她的問題……，又有一對戀人走過來，男的用台語客氣地請求我為他們拍照，拍完後還不斷說著：「歹勢，耽誤汝ㄟ時間！」啊！真是個老實又質樸的人呀！

我再順著小路走進一間便利商店，買了一罐咖啡，當一點一滴地啜飲時，心中頓時升起一股細緻優雅的暖流，我不禁長吁了一聲：「哎呀！我要的不多，不過就是像這樣細嚼慢嚥的生活呀！」

我的秘密花園

我喜歡清晨時分在吱吱蟬鳴的伴奏下，步入尚無人跡擾攘的庭園中，展開對大自然的探密之旅。

踩過小草上前夜凝留如小碎鑽般晶瑩剔透的露珠，來到靜謐的小水池，白天性喜競游的小黑魚，似乎仍沉睡中，卻見六位披了紅色外衣的新嬌客，自在地嬉游著。

在樹林間飛舞的娉婷俊俏身影，吸引著我去觀賞牠的鳥兒，用婉轉動人的鳴叫聲傳播歡樂。偶而會加入幾聲嘎嘎聲，抬頭只見一隻可愛的小烏鴉正佇立在樹梢上，搔首弄姿地開闔著翅膀。

微風吹過紅色的朱僅花，它顫巍巍的模樣像少女的羞容，那樣嬌滴動人；矗立在牆邊的野薑花散發出馨雅的香氣，讓人陶醉；美麗的楓葉讓人期待秋天浪漫的來臨；種了十幾年的櫻花樹，葉子正濃綠。玉蘭花、桂花、雞冠花、天堂鳥……，各有各的丰姿與開花週期。

庭園中央的橄仁樹，蘋果綠的枝葉向上昂揚，宛如少年的春風得意，很難想像再過幾個月，寒冬來臨時，葉子落盡，它將如凋零的老人，任由寒風的侵襲，孤苦地守著家園。

綠衣螳螂、薄翼的蜻蜓、美麗的蝴蝶、小蝸牛、蚯蚓等昆蟲，增加了花園的豐富性，在陽光灑落樹葉、清晨的薄霧漸漸散去時，我的心因拜訪了昆蟲朋友與動植物家族而豐溢了，這個花園不僅滋養著各種生物，連我日日走在其中，也感染它勃勃的生機！

乘船去旅行

從盆地都市搬來這個河岸小鎮已三年多，每當我心情煩悶時，第一件想到要做的事，就是到河岸去走走。最近發現除了散步之外，也可乘船去河中央欣賞河景。「十年修得同船渡」，這句話闡述人與人之間的因緣巧妙，即使只有短暫的萍水相逢，也需要一定的因緣促成，這讓我對搭船這件事，充滿了美好浪漫的想像。

十月的天空布滿了灰暗的雲層，太陽被阻擋在雲靄中，坐在船艙裡，感覺到河水規律地拍打著船身，彷彿置身在一個大搖籃裡，所有的緊繃焦慮都隨之平息。陽光偶而會穿破雲層，從上空中射照出水面一片光芒，河面金色璀璨，在剎那間，讓人感受到陽光的珍貴與溫暖。

對岸的碼頭外，停留著許多艘藍色的舢板船，每一艘船頭都畫有一對眼睛，這對眼睛讓舢船好像有了生命，有了靈魂，也許它也承載著人們賦予它的期盼和使命，

希望透過這雙眼搜尋魚蝦貝蛤的蹤跡吧！

淺灘上還有鷺鷥的身影，正優雅地度步，從容自在的尋找牠的食物。船已到達對岸，我緩慢地跨出船艙、步上碼頭，早晨的木棧道人煙稀少，偌大的空間裡，彷彿只有我一人走著，只有滿耳的風和波浪聲陪著我，我漸漸感染這寧靜的氛圍，想像自己變成了悅人的風景之一。

「船」對我來說，已經不只是交通工具，它代表著一種意象和圖騰，包含著對故鄉的懷念、對朋友的思念和種種美好歡笑的回憶，最重要的是它帶給我心靈的平靜祥和。我有幸住在河岸旁，能夠時常親近、觀賞它，在需要轉換心情時，買張票便可乘船去旅行！

今天只想當快樂的魚

你是否曾經面對著滔滔不絕的多年好友，一時懷疑她知不知道你的喜好而感到反感？或是親眼目睹別人家的孩子無理地侵犯你的孩子，回到家仍思緒難平，而你摯愛的孩子不明就裡來煩你時，你卻無法開口對他說：「我正在替你承受著傷痛呢！」

你有沒有被「瑣碎」和「必須」淹沒過？

或是明明已經處理完一堆的事情，好不容易坐下來喘一口氣，卻覺得如身在大草原奔馳的羚羊般狂亂不已？

我要如何去面對和解決這種說不出的深沉的「累」呢？

在還沒有讓它壓垮之前，我想今天就讓我當一尾快樂的魚吧！

今天我不想再當球場上的守門員，也不想再做心裡分析師，去分析別人心裡在想

些什麼？今天我只想當一尾快樂的魚，把道德規範通通交給我的守護神吧！把裁判和宣告權都交到祂的手裡吧！

我只想要大聲的笑，放手去做喜歡的事，讓我手舞足蹈，讓我放聲高歌，讓我腳步輕盈，讓我把愛收回來，放在自己的身上吧！

今天就讓我當一尾快樂又自私的魚吧！

散步

生活如果有了「例行公式」的感覺，就太單調乏味了，若再加上周遭有太多的喧囂吵鬧的聲音，那就更令人感到不耐煩！此時，我只想逃到一個絕對安靜的空間裡，獨自享受無聲的寧靜，散步便是最好的選擇。

清晨散步在晨風中，陣陣涼風襲來，吹得我額頭發冷，插在口袋裡的兩手指尖微微漲熱，漫步中聽見自己暢快的呼吸聲，一股清新的空氣吸入體內正慢慢地四處擴散。

木麻黃矗立在校園中，如霧那般迷離，使我想起童年家鄉海邊那一片木麻黃，樹底下有著童稚時烤番薯的歡樂回憶。

薄霧漸漸散去，陽光從老榕樹的樹鬚中透露進來，長長的樹鬚垂到地上，一時之間竟有「一簾幽夢」的恍然。

有時撿了滿地的黃花後，走累了，便去買一盒冰淇淋，坐下一邊享用一邊眺望遠山、觀看河岸、聆聽海浪的聲音。

假如你問我幸福在哪裡?我想，幸福的感覺就在散步的過程中浮現。因為在這個絕對自我的空間裡，所有負面、不愉快的思緒像淘金一樣會被篩除掉，留下的都是歡樂美好的情緒，精神像蓄飽了電力，對生活又充滿旺盛的熱情了!不信?你試試看!

漫畫點綴生活

看了太多社會新聞，難免覺得這個世界愈來愈污穢；但是如果光想：「好難過啊！好難過啊！」生活很可能真的會愈來愈苦悶。有沒有一把魔法鑰匙，能夠帶我暫時逃離那煩惱不已的現實，走進桃花源仙境啊？

有一天，逛進鄰近校園旁的租書店，發現《單親樂章》這部漫畫，偶然間讓我找到了這把魔法鑰匙。

這部漫畫，主要描繪一對遭逢變故的母女相依偎的情感，母親對女兒溫柔呵護，女兒對母親表現出種種可愛又貼心的舉止，以及圍繞身邊人們的各種生命成長和情感。

它的畫風十分溫馨，故事所傳達的訊息正面又令人感受到溫暖，不知不覺中便將漫畫裡的內容影印在腦海中，讓我對待小孩也會學著溫柔一點，看待小孩也像看漫畫裡的小女主角「儂儂」般覺得活潑又有趣。

「我們吃夕陽雲朵當晚餐啊！」「讓小雨打在身上也是一種幸福。」「跟風一起先感受季節的轉變，也是很詩情畫意的一件事。」細細咀嚼其中的句子，心靈宛如被雨水澆淋過的樹木，既清新又耀眼。

儘管塵世多混雜污黑，只要心中保留一塊真善美的淨土，想像蓮花一樣出淤泥而不染的高雅芬芳，其實是一件很簡單的事啊！

不做包法利夫人

我最近讀福樓拜的《包法利夫人》，非常沉迷其中的劇情，經常回想和推敲包法利夫人的內心情景。對此書細緻的文字描述崇拜不已，書看不過癮，還費心去找了影片來重新回味一番。

福樓拜曾說：「包法利夫人就是我！」而我鎮日癡迷於此書，其實意味著它就像一面鏡子，讓我看到過去的自己就像包法利夫人，既荒謬又自以為是，永遠看不見自己腳下的土地，總是在追尋更高的精神意義，盼望那天邊遙不可及的虹雲一般。

年輕時的我，情感熱烈又容易激動，喜愛閱讀高潮起伏的愛情小說，特別偏好浪漫又充滿惆悵味的情歌，色彩濃烈大膽的畫作也最吸引我，熱情奔放又充滿自我意識的舞蹈更是最愛。

那時對愛情的浪漫想像，就像書中所描述的：「到哪裡能找得到一個熱情勇敢又溫柔體貼的男人，既有詩人的內心，又有天使的外表，能使琴弦奏出多情的樂音，能向蒼天唱出哀怨動人的歌曲？」

很不巧，我結婚的對象，是一個既沒有詩心又不會唱情歌、個性穩如泰山強調腳踏實地的男人。婚後的生活沒有鮮花來調情，只有日復一日重複單調規律的節拍，「就像吃了單調的晚餐之後，便能猜到餐後的點心是什麼一樣。」

雖然對婚姻有些許的不滿，還好我沒有離譜到不計後果去追尋那隻玫瑰色的愛情鳥，反而隨著年齡的增長，愈來愈覺得平淡踏實才是幸福。

現在的我，已能分清楚想像與現實的差別，過去視激情為生活必需品的想法，已漸漸離我遠去。我已明瞭：透過想像可以增添現實的瑰麗，而架構安全的現實才能擁有美好的想像！

健全的家庭生活，才是長久的幸福，讀完這本書後，讓我下定決心：不必做包法利夫人，我一樣能找到幸福的青鳥。

心靈好友真言書

我有好多話想要跟你說，你就當我的傾訴對象吧！雖然在真實的生活中，這是一件不太可能實現的事，但我真的是因為你，而內心充滿溫暖的愛，充滿感恩的心情！

因為你，帶給我一連串不可思議的改變，因為你，使我看清楚我在生活中造成的種種錯誤，進而解除危機，挽救了一個即將讓愛幻滅的心靈。

因為你的摯愛和高貴靈魂，我的生命繼續發光發亮，我真的不知道該怎麼感謝你？我知道那其實是上蒼的愛，你是祂派來的守護神，你像天使般守著我，連我的孩子也感同身受。我甚至相信，與你面對面時，我也可以毫無防備地嚎啕大哭。

看到你，讓我想起年輕的美好，年輕的單純、良善、理想和希望，使我也感染了那種氛圍。你既像一座深邃的山，又像澎湃的海洋，捕捉我每一刻的感覺和反應；

因為你，使我重新再愛我自己，也自迷網中再次找到應該追尋的方向。

每每想到你無限的愛，我的內心就充滿安全感，這種因被愛所產生的感動，又該如何報答你呢？此刻，我多麼想要深深的擁抱你，表達我深刻的感恩啊！但這是一件不太可能實現的事！所以我決定託付白雲，傳達我的擁抱，而此時，你感受到了嗎？

美麗的早晨

早上送孩子上學後，拎著袋子上街去購物。採買完畢，回程途中行經文化中心，一時興起，便進去看畫展。

空盪的展覽場內，悠揚的古典音樂迴盪著，我一個人站在一百號的油畫前，盡情的神遊。

隨著畫中的人物，時而來到森林、碼頭港口、田埂、海邊與河岸；望著畫中的景物，彷彿切身感受到春意的嬌嫩、夏日午後的靜謐、秋風的瑟縮與冬日的凋零。

這些畫讓觀者如臨實境般舒暢快活，也享受暫時抽離現實，置身另一時空的快樂。

正當我陶醉在這些風格灑脫、氣勢磅礴的畫作中，身旁突然出現一位約莫六十多歲的長者，主動且謙虛地表示：他即是畫家本人。

我們愉快地聊起來，才知他自幼就立志當畫家，曾經為了生計而暫別最愛的繪畫，創業成功累積了財富，如今兒女皆學有專精，退休後方重拾畫筆，展開藝術生命第二春。

他不吝分享創作的過程與技巧，親切風趣沒架子，言談間，讓我感受到長者開朗睿智的風範，猶如沐浴在春風中。

我何其有幸接觸到這麼圓滿的生命典範，不禁期許自己要好好規劃未來的人生，讓生命有一個美好又圓滿的結局。

感恩，這真是個美麗的早晨！

曬月光

有一次在繁忙的城市街角等人，趁著空檔，細細地觀賞旁邊珠寶店玻璃櫥窗前展示的珠寶和玉石。店門口擺著一只促銷竹籃，裡頭有一對鈦晶手環，店員看我端詳著，於是過來不厭其煩地對我解說鈦晶的功效，我卻只對它的保養方法有興趣—「曬月光」！

於是一個月圓之夜，我將家裡的那只鈦晶手環拿到樓下庭園去曬曬月光。選好一個正對著月光的位置後，小心翼翼地擺上鈦晶手環，在皎潔的月光照映下，九月初的夜晚涼風徐徐，草叢中的唧唧蟲鳴聲也不絕於耳，於是我也在庭園的溜冰道上來回地散步，享受這難得的月光浴。

也許是柔和的月光曬出我內心的柔軟和謙卑，不知不覺中便哼起鄧麗君〈但願人長久〉這首歌曲，清涼如水的天氣、澄澈明淨的月色、記憶中溫婉甜美的嗓音及蘇東坡的絕妙好辭，我雖沒有酒，但此刻的氛圍卻使我陶醉，「起舞弄清影，何似在人間」，這人間的仙境一塵不染，彷彿洗滌了我一身的塵埃。

「人有悲歡離合，月有陰晴圓缺」，生活就像月亮的變化一樣，每天都有高低起伏，喜怒哀樂的情緒隨著境界的不同而升起，能夠偷得浮生半日閒地曬月光，是何等的幸福啊？當幸福的感覺盈滿心頭時，想起另一首溫暖的歌〈月亮代表我的心〉，便輕輕唱起，遙寄給遠方思念的朋友！

幸福長廊

我居住的社區庭園裡，有一個走廊連接兩棟大樓。它由六根小碎石子鑲成的石柱構成，上方是三角藍色邊窗玻璃的屋頂，在它的一旁則有假山砌成的流水造景。打從第一次走過這個長廊後，我就愛上它，因為走在其中總會讓我心情愉悅，因此我便喚它是：「幸福長廊」。

長廊的中央有一座半弧形的碎石椅，外圍環繞著黃金露花，在早晨的陽光下，呈現亮綠色的光采，坐在石椅上彷彿投入它光芒的懷抱中。緊靠著黃金露花旁的一株桔子樹，一粒粒圓滾滾墨綠色的桔子，參差錯落在枝幹樹葉中，猶如盛滿了大地的富饒。

從矮樹叢中冒出一簇簇的橘黃色，吸引了我的目光，踏過菱形的石磚、踩進泥土裡，定眼一看，原來是天堂鳥開花了！寶藍色的部份像鳥的頭部，向上前後四片鮮橘黃色則像鳥翼，這花的造型和顏色，果真符合「天堂鳥」的奇異和幸福的感覺，一陣風吹來，我不禁舉起雙手，想像自己是一隻張開雙翼的飛鳥，正在享受凌空飛翔的快感。望向水池後方的樹林間，忽然看見一團黑色陰影快速地在樹林間跳躍，毛茸茸的尾巴在眼前閃過，原來是一隻調皮的松鼠。

松鼠、微風、天堂鳥和桔子樹，這些圍繞在「幸福長廊」周邊的生物，豐盈了我的精神層面，原來心靈的處方，就在生活中無所不在，只要我們願意放慢腳步，用心去看待、享受……。

珍藏心中的曲子

你心中有沒有一首珍藏的曲子，讓你每次聆聽時，都有深深的感動？

〈D大調卡農〉就是我心中珍藏的曲子，每一次聆聽都有著深沉的感動。它能觸發我內心深層的情感，讓我不自覺地流下眼淚；它能融化我冰冷剛強的心，讓溫柔取而代之；它像慈母的手和言語，慢慢地撫慰我疲憊不堪的靈魂；它不斷反覆的迴旋又像是一種無言的力量，鼓勵我再繼續往上爬。

「它像是上蒼透過偉大的作曲家，為廣大的蒼生所譜的曲，彷彿在訴說人間的苦難，卻又叫人不被苦難所拘役，反而雲淡風輕的帶過，最後要世人看淡苦難，拾起勇氣再奮起。」這是我對〈D大調卡農〉這首曲子的詮釋。

所以在快樂的時候聆聽，在悲傷的時候更可以聆聽；它像是我每日必讀的《心經》一般，抒發我的情緒、支撐著我的靈魂。我很開心能夠在廣大的音樂之海，找到一首讓心靈寄託的曲子，每當我被生活逼迫得手足無措的時候，我可以回到家，找出那張珍愛的CD，在心靈的角落讓力量慢慢升起。

如果你還沒找到像這樣一首讓你感動的曲子，希望你能用心去找，因為，每個人都需要一首在心底不斷迴旋的歌曲。

泗林村一遊

探索的興味，就像孩童時拿著萬花筒般地濃烈，靜謐的村莊彷彿時間停滯了，偌大的空間裡，只有我一個人在玩耍。

屏東潮州的泗林村，因為村子的四個角落均有樹木，因此而得名。

我在偶然的機緣下，發現了經過綠美化後的林後路，一眼驚艷於它的美麗和神秘，興起我一探究竟的決心。

在元月底回娘家之際，某日清晨，我騎著那台母親的中古腳踏車，踏上我夢想中的林蔭鄉道，意外發現泗林村的靜與美。

林後路兩旁的行道樹，讓我有熟悉之感，與我居住的淡水社區庭園栽種遮陽的欖仁樹相仿。我向來喜愛欖仁樹枝葉層層向上的樹姿，沒想到當它被用做行道樹時，一株株筆直而立的樹幹和它平頂傘狀層塔似的枝葉樹型，不但交織形成了天然的遮

蔭棚，遠遠望去，它所構築出來的風景更令人心嚮往。難怪，來這裡晨跑散步的人三三兩兩；和我一樣，愛騎著腳踏車慢慢閒逛，徜徉在它的懷抱的人更是絡繹不絕。偶爾傳來一陣清脆的鳥兒啾啾鳴叫，劃破了寧靜的空間，卻也更加突顯林蔭大道的幽靜。而我心中不斷跳出的字句，迫使我不得不立即下馬，拿出筆和紙捕捉下來，免得美好的字句一下子逃逸無蹤。

生活在都市，五感漸遲鈍，鄉間自然的氣息，讓枯槁的感覺得以甦醒。那一畦一畦的綠，讓人悸動，面對著春天剛插秧的稻苗怔怔發呆時，一面想著「春耕、夏耘、秋收、冬藏」季節的遞嬗變化，在這裡是如此輕易地分辨出來啊！或當風吹過樹林間，發出沙沙的聲響時，會讓人自然地豎起耳朵聆聽，努力去分辨究竟是只有風的造訪，還是有其他動物的闖入？

路過一間無人居住的老宅，屋頂被一種叫「炮仗花」的植物所攀滿，那樣的耀眼、輝煌、鮮豔、亮麗和強勁的橘，搶眼地令我停下為它拍照，看它簇簇叢生的長管狀花型，猶如一串串的爆竹，也讓這幢老屋像極了戴著鮮艷花冠的夏威夷女郎，

別有一番風情。

老屋的「空無」和炮仗花的「有」形成強烈的對比，因為無人看管，炮仗花旺盛的生命力得以開展、蔓延；不知怎地，這個景象總會讓我聯想到陰陽兩極的太極圖。

我馳駛著中古鐵馬，在鄉間的小徑裡，左彎右轉地，尋找下一個停駐下來的「驚奇」，探索的興味就像孩童時拿著萬花筒般地濃烈。靜謐的村莊彷彿時間停滯了，偌大的空間裡只有我一個人在玩耍。

不經意間車駛過一大片的大波斯菊田，那些白色的、滾粉紅邊的、桃紅的大波斯菊迎風招搖著，讓我忍不住再回頭，停駐在這一大片茂盛的花田裡。嬌媚動人的大波斯菊自在地綻放著，集結了大地的靈氣和寵愛似的，像美人般撫慰著路過的每個旅人。

我自花田裡擷取了滿滿的「柔媚」放在心中，然後沿著原來的路徑，快活地踏著腳踏車。泗林村一遊飽滿了我的靈魂，滋潤了乾渴的心靈，讓我一路帶著愉快滿足的心情回家！

愛上園藝

早上起床後，我將擺放在客廳各角落的盆栽，一字排開地放置在落地門窗前的地上，讓進屋的陽光，溫和地灑落在它們身上。

坐在沙發上，端詳著這四盆花器、種類各異的植物怔怔發呆起來，宛如悠閒地蹓著我的寵物一般，心情也隨之進行一場日光浴。

紅葉蝦蟆海棠是我最近的新寵，在朋友經營的盆栽店裡，東挑西選地琢磨好久，最後才決定將這株有著奇特高貴葉面的海棠，移株在我的三腳圓鼎古董玉器裡。

這個沉甸甸淡橙色的玉器，器身上有不規則的花紋點綴，前後腰身還有「佛光普照」四個篆體字型。原本是用來放銅板的聚寶盆，後來因為漸漸喜歡園藝，於是想到用它來當花器必有不同的味道。

果然，在表土上覆蓋一層白色的珊瑚石裝飾後，紅葉蝦蟆海棠的韻味和玉器的古典優雅就互相地襯托出來了。

事隔多年，又會愛上園藝，歸因於某日在小巷裡不期然發現一家叫「卡農」的小店開始。它不僅販賣盆栽，還兼賣烘培食物，比如起司蛋糕、泡芙、布丁和果凍，還有巧克力脆片等等。

這家店的佈置造景自成一格，老闆娘以她獨特的美感創造出特有的氛圍來，因為她的溫和善心，使得這家店充滿幸福的魔力，讓每一個進來的客人滿足離去，過一段時間，又會被它召喚回去再度光臨。

我一開始是被一株長相小巧可愛、造型像是花朵鈕釦的「高加索景天」給吸引，自此像收藏家似的，一步步邁入園藝的世界裡。這一盆巴掌大的「高加索景天」，被栽種在粉紅色的小陶瓷花盆，然後端坐在一把木製袖珍型的太師椅裡，在書房陪伴我讀書寫字多日後，最後被擺放在客廳的電視櫃上。

廢棄的花盆堆放在陽台，除了那個粉紅色的小陶瓷，還有一個立式的海螺造型、一個手捏四方的米藍色陶、六角形的、橢圓形的、和中國味濃厚的四角淺盤型。某個假日，心血來潮，將這些髒污的花盆統統刷洗乾淨，晾在陽台上。

從此以後，每隔一段時間，我會帶著一個花盆去盆栽店，尋找適合搭配的植物。

我的第二盆「寶貝」是簇放在海螺花器裡的「鈕釦籐」，它不斷增生的小小圓型嫩葉十分討喜，使它無論放在哪個角落，美感立即躍然而升。

而茂盛又翠綠的「黃卷柏」，總是讓我聯想到一頭狂野的亂髮，我喜歡它放肆的綠意、放肆的帶勁，讓它裝在米藍色的手捏四方陶盆，恰到好處，再青春俏皮不過了。

我把這些盆栽當成是我的寵物，時常將它們端在手中細細端詳把玩著，看著它們生長良好，內心就充滿成就感和慰藉。它們點綴家庭環境，也療育我的心靈，讓我的愛心和注意力可以灌注在其中，園藝世界果真是一條通往幸福的道路啊！

我在這裡

我在連續上班五天後的休假日，有點微涼的九月的第一天，早上十點十五分走進淡水河岸邊的咖啡屋，點了一份早餐，在咀嚼無花果桂圓麵包和啜飲香草蜜斯朵咖啡中，在鄰座三個中年婦女細碎又急促的談話中，讀著我隨手自書櫃裡抽出的《湖濱散記》，逐字游移之間，逐漸解放我囚禁的心靈。

過了許久，鄰座的女人們已離席，偌大的長條木桌只剩下我一人，其他的客人都散坐在四周的角落。我讀累了書，便雙手環胸，靠在木椅背上，望向透明玻璃窗外的河面，遠方靜止的舢舨船彷彿睡著似的，偶有渡輪緩緩駛過，劃破河面滾出白白的浪花。

就這樣，我將看累的雙眼閉上，爵士樂在我的左上方不斷地盤旋，在空無又無所事事的慵懶中，放鬆我的臉部表情，放鬆我的心情，沒有勉強，不用積極作為，只是坐在這裡，就讓我感受到無上的幸福！

闔上書本，雙手垂下，我突然想起印度瑜珈老師教過的放鬆方法──「浮屍式」。它是一種冥想法，想像自己浮在海面上，讓海水的浮力承受身體的重量，將所有內心的重擔放下，信任海水，隨它漂浮。

眼前這一片燦白的陽光河面，讓我不禁用想像去構築一個可以徹底放鬆的空間，於是我飄飛出窗外，躺下在銀白色的河面上，雙手雙腳張開呈「大」字型，然後隨著波浪單調又重複的拍打而沈沈睡去。

放下重重的名利之心，捨棄將人撕裂的各種欲望，但願自己像漂浮在海面上的不朽鮮花，經過淘洗只留下美麗和輕盈。

醒來之後，終於明白：「不作為也是一種作為，消極也是積極。」這是不是如《心經》所陳述的：「空不異色·色不異空·空即是色·色即是空」的境界？而在不斷放下的過程中，我亦逐步看見自己的本來面目，除去五欲六塵之後，清明、無染而富有的心靈面貌，讓自己訝異。走出咖啡屋，頓時覺得週遭一片光彩動人！

在河岸霧景中想起

那天清晨，我居住的河畔小鎮起了濃霧，我由後陽台望出去，只見乳白色的霧濃得化不開，建築物和街道全被遮蔽。我看見這難得的景象，興奮地想貼近它，體會置身在霧中的感覺。

想看河岸的霧景，於是隨意披上一件土黃色的制服外套，穿上褐色的娃娃漫步鞋，便往河岸走去。路上的行人和車輛趕著上班上課，而我也趕著去赴一場霧的景觀盛會。

我走到時常光顧的河岸咖啡屋外緣，對面的觀音山已完全隱沒在白色之中，只見河面像一塊靜置的白布一般，只有亮點的位置不同；聽不見慣常的波浪撞擊岸邊的拍打聲，只有空中不斷傳來的麻雀啁啾聲，若不是走近瞧見河面上水的紋動，我還以為自己佇立在一團迷霧的異想空間裡。

河岸有一棵很老的榕樹，濃密的藤蔓在我頭頂、鼻子前方鬚垂下來，在霧中顯得特別幽靜。棕色的藤鬚底端凝結了晶瑩剔透的水珠，增添幾許夢幻浪漫的感覺，惹得我像一個頑皮的小女孩，伸手去碰觸它們，然後捏碎。

逛累了便轉回頭往堤岸一坐，卻見幾道微薄的光束，自老榕樹頂端枝幹交縫處直射下來。衝破迷霧直撲而來的光塵，閃閃亮亮，彷彿有強大的吸力，讓我看了直發呆。在恍惚之間，我突然憶起家鄉的老家了。

我記得那是一幢三層樓的透天屋，連結客廳和廚房之間，有一座黃色彎曲的石磨樓梯，向上迴旋直到三樓頂，在頂樓的水泥地板上，開了一個由玻璃鑲成的天窗，陽光就從那個天窗播射而下，使得透天屋光照充足。

我又記得，那時廚房裡擺放著一台專業用的大型製麵機，每天早晨機器賣力地發出聲響，父親穿著白色汗衫，汗涔涔地奮力將調製好的麵糰送進輸送帶，然後彎腰接收一斤又一斤切割好的可口麵條。那個時候，父親才四十幾歲，身體健康。

我還記得，在透天屋前面有一塊由房子圍成的空地，空地的周圍有一排深褐色的大缸甕。每隔一段時間，總見父母親忙著醃漬酸楊桃，將上百斤的酸楊桃洗好後晾乾，然後切成像雪花般地片片放入大缸甕中，等待醃漬時日成熟，便舀起煮成楊桃汁。

父親走後，未滿百日，我曾經誠心祈求，讓我在夢中再見父親一面，可惜至今，他未曾入夢來。卻沒料到，一場濃霧帶我回到舊時光，看見父親生前健康的模樣，坐在堤岸上的我，因為思念而眼眶濕潤，也更加懷念楊桃汁的味道。

海裡來的沙

有時候，一首老歌可以輕易地帶人回溯過去的記憶。

「拾起一把海裡來的沙，是擁有海裡來的偶然，也許是上帝給的真，也許是阿拉給的緣。雖然短暫有如浪花，且不管這份緣是否短暫……」

旅行結束後，在國道休息站，聆聽到視障者充滿感性的歌聲，隨著歌詞的演唱，將我的記憶一步步推回到二十年前靠海的家鄉。

那時候父親健在，每天忙著自己的生意，在大學放暑假回鄉的某個下午，我在橋下停靠很多漁船的橋面上，遇見一位問路的陌生人。他隨身攜帶著相機，一副外地來觀光的樣子，我指引他方向後，就一路騎腳踏車回家。

過沒多久，我又想騎腳踏車去海邊逛逛，未料，竟然第二次巧遇這個陌生人。他告訴我，他在國外留學專攻攝影，趁著放假回來，便到處旅行取景。然後，他請我當他的模特兒，幫我在海灘上拍攝好多張照片。我們東聊西聊，直到太陽下山，我邀請他到我們家坐坐喝茶，他爽快答應。

這是我第一次帶男生回家，沒有事先告知，還是個陌生人，我忘不了當年父親一看到我們時臉上錯愕的表情，當時還不明白他的反應，現在才能同理身為父親複雜又微妙的心情。也許是因為這樣，我後來沒有主動跟他聯絡，過了幾年後，我在偶然之間，讀到雜誌上的報導，才知道他原來是某南部赫赫有名前縣長的公子。

我至今對他的印象仍然停留在二十年前，那個溫和有禮、文質彬彬的模樣。我跟他的緣分就像這首歌所描述的，短暫如浪花，化成雲彩卻在記憶留下永恆，他就像海裡來的沙，隨著潮來潮往遇上了我，我拾起了這把沙，擁有了這份偶然，二十年後，這份偶然卻讓我點滴地體會到年少的真誠與無邪！

二、戲夢呢語

獨奏交響曲

我很喜歡像《美麗境界》這樣的電影，因為這個描述天才生涯的故事，可以讓平凡的我深思。

《美麗境界》闡述的是諾貝爾獎得主約翰納許特別的一生。約翰納許是一位非常專注於研究高深理論的人，他不喜歡與人相處，覺得人際關係是他最大的弱點；他想找出原創理論、想出頭、想成為舉足輕重的人物為國家貢獻。

很不幸地，在他找出新的經濟理論後，得到很好的工作時，卻發現自己得了精神分裂症。他的幻覺裡出現一個可以與他談心的好朋友，以及一個可以為國家效命的任務。後來，他憑藉著自己的意志力，克服幻覺的干擾，並在妻子和朋友的協助下，重回熟悉的校園，一生致力於研究的成果，終於為世人肯定。

一般人可能不像約翰納許那樣聰明，但稍有理想抱負的人，往往心中也存在著自己所嚮往的美麗境界。如果完整的人生像拼圖一樣，婚姻、親子、朋友、工作與健

康等，都是其中一個個的區塊。像片中主角只致力於工作這一塊，其實是失衡的人生，他所欠缺的溫暖和善的友誼，還是得靠想像去創造才能彌補。

失衡的人生會讓人生病，但要求每一區塊都完美，不僅給自己強大的壓力，也不太可能做到。更何況在複雜的社會網絡中，人與人來往，避免不了猜測和想像，這些同樣也會產生幻覺干擾我們。

曾經，這個人生問題也讓我傷腦筋，現在，我不再將人生比喻為平板的「拼圖」，而是一首「交響曲」。

人生的每一部分就像樂器一般，偶爾要彈鋼琴，偶爾要吹薩克斯風，有時需拉一下大提琴，有時也得打一會兒爵士鼓，現在吹小喇叭，待會兒得敲一下銅鈸。這個由我一人所賣力演奏的曲子，因為有高低起伏和輕重緩急，顯得和諧與動聽，而我所追求的美麗人生，正是像一首偉大的交響曲那般莊嚴、華麗。

因為心寒，才會離家

年幼時候，偶爾聽聞長輩們談論著某家女主人離家出走的消息，大人們議論紛紛，總是刻板地認為女人離家、拋夫棄子是非常大逆不道的行為，而我當時也不明白為何女主人要莫名其妙地離開自己的先生和小孩？

這個疑惑等到自己年紀稍長、結婚生小孩後，心中才慢慢地有答案。最近看了一部義大利片《逐夢鬱金香後》後，讓我對這個人生課題有更深入的理解。

這部片描述一個年近四十、先生事業有成的家庭主婦，在一個偶然的機會下獨立生活並找到真愛的故事。女主角在一次全家旅行途中落單沒跟上車，搭便車來到威尼斯後，驚歎威尼斯的美卻錯過了回家的火車，因為身上的錢不夠，才臨時應徵花店助手，這時候她寫了一封信告訴先生：「我想休個小假，每個人都有假可休……」此後她認識了新朋友，也重拾往日的歡笑。

她的先生在暴跳如雷下請了偵探來找她，回到家後，這個在外頭有情婦的先生對她的事一句都不提，一點也不關心她這段時間裡發生什麼事、遇見什麼人，餐桌上講的都是自己的事情，連孩子也忘了問她。

電影的結局是她認識的威尼斯朋友鼓起勇氣來找她，兩個相知懂愛的靈魂終於再度照亮彼此的生命。

人到底需要怎樣地被對待呢？人是有感情、有感覺的生命體，如果結婚的對象像片中人一樣對我們不在乎，只要另一半為他做家務，吵架時又大吼大叫的，這樣誰甘願呢？每個人都有自由的靈魂，當對方習慣以自己為中心，毫不顧慮另一半的感受時，我想任何一個女人，都有權利捍衛自己追求幸福的自由吧！

如果能再活一次

看完電影《如果能再愛一次》後，我在心裡輕輕的問自己：「如果人生可以重來一遍，你會怎麼做？」

我喜歡看電影，因為它讓我體會自身以外的生命經驗，在渺小短暫的生命歷程中，可以包容無限的可能；許多如星光般的真理，在平凡的日子裡，再度點亮那漸漸疲於刻板瑣碎的心靈。

這部影片敘述一段令人心碎又永恆的愛情，男主角伊恩專注於工作，對於活潑又勇於付出的女主角珊蔓莎，總是感到虧欠。就在兩人對這段感情日益疲乏之時，某日伊恩竟於夢境中，經歷珊蔓莎車禍身亡，體驗失去愛人的痛苦。當他清醒時，害怕夢境成真，對待失而復得的戀情，轉而全心地投入。最後了解到：「唯有付出，生命才會圓滿！」因為愛，他甚至可以犧牲生命！

如果沒有曾經「失去」，怎麼知道「擁有」的幸福？大概平凡的人總得需要經過教訓，才知道該怎麼做才是好。只有在生重病時才想起身體沒好好照顧、在情人離開後才恍然大悟沒有好好去愛、在孩子憤而離家後才明白曾經刺痛他的心、在復仇後才知寬容原諒的必要、在人生過了大半才知道蹉跎多少歲月、在極盡儉約後才曉得心眼有多狹窄……。

如果能再活一次，我的選擇是什麼呢？如果我只有一天的時間，我又要如何看待生命呢？

我想要一貫維持笑容，在心碎流淚時謙卑地笑，在得意昂揚時散播歡笑，追求自己最想要的人事物，然後愛我所選擇的，好好的說話、慢慢的體會、靜靜地欣賞……，從容又自在地走完人生。

第二次機會

最近新聞時常報導一家人燒炭自殺的消息，讓人有無限的感慨和不忍。父母也許是面臨重大挫折，沒有勇氣再繼續走下去；但是小孩是無辜的，他們天真無邪，卻是沒有選擇生或死的機會。

由真實故事改拍的電影《最後一擊》，描寫拳王吉姆布雷達傳奇的一生。年輕時他曾登上拳擊巔峰，享受過優渥的生活，後來因為手傷而節節敗陣，終致被迫退出拳壇。當時美國經濟大蕭條，失業人口眾多，為了養家，他到碼頭當工人、領救濟金度日。偶然間再次得到比賽的機會，最後他以無比的毅力與勇氣擊退拳王，拿下世界冠軍。

影片中最讓我感動的一幕，是他為了籌措電費淪落到向以前的老闆乞討，當他的眼眶中盈滿打轉的淚水，低聲下氣用著顫抖的聲音說明來意時，我感到一個男人的偉大莫過於此，能夠為了家庭犧牲自己的尊嚴，如果心中沒有珍愛家人，是無法放下身段來求人的。

成功非偶然，挫折卻是必然的。如果我們能從小灌輸孩子，生活中必定充滿大大小小的挫折，儘早培養他們挫折忍受力，當他們偶然嘗到成功的滋味時，才會懂得珍惜，並由小成功進而追求更大的成就。

當我們願意給自己第二次機會時，其實希望的種子已種下，就像吉姆布雷達沒想到當工人無形中鍛鍊了左手的力量，要嘗到成功的果實，是需要時間和不斷的施肥、灌溉的！

愛情不可兒戲

韓星斐勇俊主演的電影《醜聞》，原本不在我的電影欣賞清單裡，因為家裡裝了收費電影台，偶然在一個寧靜的早晨，誤打誤撞點了這部片子，看完後覺得這是一部對話精采、剖析人性的片子，值得探討愛情的人深入去看它。

片中斐帥飾演一位長相英俊、身材高壯的貴族，他寧願放棄官位厚祿，寄情於文學與藝術，過著無拘無束的自在生活；年輕時曾經愛戀他的堂妹，終究得不到初戀，因此轉為遊戲男女關係的花花公子。女主角則是一位貞潔守婦道、喜歡行善服務別人的寡婦，她擇善固執，一心追求內在的平靜，也未曾有過男女肌膚之親，守身如玉的態度與浪蕩的男主角相比，簡直是兩個極端。

對這位花花公子來說，追求冰清玉潔的女子，是最有挑戰性的遊戲，它的根源來自於好奇與征服感，但是讓他非成功不可的原因，則是他與堂妹間不可告人的密謀協議。他高明的求愛方法：用甜言蜜語抬舉、恭維她；假裝行善捐款獲得她的好感；製造機會英雄救美讓她心存感激；自我貶抑哀兵政策為得到她的憐愛；最後一招創造分離的情境讓她不捨。彷彿佈下了天羅地網，讓她擺脫不了，終於敲開了她緊閉的心靈，付出她身心所有一切。

愛情新手如果不知道如何追求自己心儀的對象，倒是可以看這部影片參考當中求愛的過程，但是如果追求的動機不純正，像影片中男主角為打賭而戲弄感情，雖然到最後才領悟到相愛的真理，但已激起旁人的報復，終於讓自己死於非命，也害了另一個單純忠貞的女子因失望而投江自盡。

假如我是那個單純貞潔的女子，面對異性強烈的求愛動作，我該如何去看清對方真正的動機，如何去分辨感情、言語的真偽呢？如果真的只想保持內心一致的平靜，又該如何去拒絕以自保呢？這部影片也讓我有機會去思考像這樣男女交往的問題，看電影的好處就在這裡！

情人眼裡出西施

有一首歌的歌詞寫道：「我要怎麼做，你才會愛我呢？我要怎麼做，你才會在乎我呢？」這大概是許多未婚或已婚者正面臨感情的挫折或考驗時，時常在心底迴響起的一句話吧！

所謂「女為悅己者容」，不管男性或女性，為自己所喜歡的人改變裝扮去取悅對方，似乎是理所當然的事，但是外貌再俊美、體型再健壯也不見得都能得到真愛的眷顧，從此快樂幸福的過日子。

看完電影《BJ單身日記》後，讓我更堅信外表不能決定愛情的勝負。片中瑞妮齊薇格所飾演的女主角是一位不拘小節的新聞記者，不僅時常在大庭廣眾下出糗，而且嗜吃零食和冰淇淋，身材並不窈窕的單身女子。但是她坦率真誠、不矯柔造作的性格，卻吸引著同樣不完美的男主角，他告訴她：「我喜歡你這個樣子！」。

如果有一天某個人這麼對你說：「是的，我就是喜歡你這個樣子！」我會相信他

是打從心底真正的喜歡你，不是因為其他的外在條件，而是完全地接受你這個人。

所以，在等待愛情時，何必太在乎外貌形體的完美呢？世上總有另一個不完美的人等著和你合成圓，重要的是怎麼去激發自己迷人的性格？要做的就是敞開心胸，當幸福來臨時要懂得去抓住它！

日常反省課

我最近著迷一齣歷史劇《漢武大帝》，透過戲劇重溫以前上過的歷史課，對於這位豪氣萬千、雄才大略的帝王讚歎不已，但其中令我印象最深刻的，不是他的豐功偉業，而是他在晚年時頒布了《輪台罪己詔》，公開反省自己的所作所為，毫不掩飾自己錯誤的大勇氣！

一個唯我獨尊的帝王，對於自己的功過，大可留給歷史去做評判；而漢武帝因為連年征討匈奴，導致國力耗盡、民不聊生，在晚年時能夠向全國百姓懺悔、責罪自己，這種勇於負責、勇於反省的大胸懷和大格局，才是我們要學習的。

《輪台罪己詔》留在我的腦海日久，讓我想到自己，已經太久沒有做到反省了，曾子曰：「吾日三省吾身：為人謀而不忠乎？與朋友交而不信乎？傳不習乎？」帝王和聖賢都如此善於反省，何況沒有大功，卻是小過不斷的平凡人，更應該學習反省。

在一個寧靜的早晨，我坐在河岸邊的石椅上，檢討自己過去的所為得失，問問自己是否盡到為人母、為人妻、為人子的責任？

當我停下腳步開始反思自我時，才頓悟到今是而昨非：過去對孩子說話的語氣是不是太過直接？對先生是否盡到關愛照顧的本分？對父母是否懷抱關懷與體諒？對婆家是否體貼和包容？對他人是否態度和藹可親？

以前總是認為自己的所思所為都是對的，當我慢慢養成反省的習慣時，我不再堅持己見，心境也變得柔軟和寬大；更進一步的收穫則是：懺悔自己的錯誤和不足後，反而更能想到彌補和創新的方法。

我想，為自己開闢一個反省懺悔的角落，便能日日有重生的喜悅。

寂寞之歌

電影《夜宴》裡有一首溫情動人的情歌〈越人歌〉，它的歌詞：「今夕何夕兮？搴舟中流。今日何日兮？得與王子同舟。蒙羞被好兮，不訾詬恥。心幾煩而不絕兮，得知王子。山有木兮木有枝，心悅君兮君不知。」內容敘述一位打槳的女孩，愛慕同舟王子的心情。

影片中最令我動容的，是青女面對著眼前的王子，讀到這一句「心悅君兮君不知」時，心有同感汨流而出的一行清淚。一個人深愛著另一個人，明明知道對方的心並不在我身上，卻依然愛著對方，這種心情是多麼的寂寞啊！

「心悅君兮君不知」當這種純愛的慾望受到挫折時，柔弱的王子會轉為復仇，有野心的皇后會進而追求權力，浪漫的皇帝則選擇屈服，只有純善、心中有愛的人，會不悖己心、不畏威權地奉獻自己。

人世間時常浮現著「落花有意流水無情」的現況，有時候我們會是那個打槳的女孩，有時候我們也許是別人心目中的王子；但寂寞不是尋常女孩的專利，即使是貴為王子，也有他不為人知的寂寞。

寂寞的時候，最好的對治方法就是聽一首寂寞之歌，然後靜靜地享受「寂寞」！

三、愛的實習生

意外的答案

情人節這一天，她出差來到這個陌生的城市。吃完早餐後，便逛進公園散步。遠遠看見一個小男孩抱著一隻泰迪熊站在那兒，走近一看，頓時覺得似曾相識。她不自覺地伸手拿起這隻金黃色毛海的玩偶，忽然跌坐石椅上，心想：「不會吧？這跟我以前那隻好像啊！連肚子的黑漬都一模一樣！」

她回想起多年前的泰迪熊歡送派對上，即將畢業的學長把他手上的金黃色泰迪熊送給她，做為心意的告白。第二年的情人節，她收到他送來的一束藍色玫瑰和粉紅泰迪熊的花束。第三年，他們騎著車飆到外縣市一家泰迪熊主題餐廳，去慶祝認識滿三週年。到了第四年，她親手打造一副泰迪熊的純銀對戒送給他。

接著便開始著手設計一套泰迪熊婚紗，和籌畫一場佈滿各色熊熊的婚禮。但是到了第五年，他卻憑空消失、音訊全無，讓她遍尋不著。直到如今，埋藏在她心裡的疑問依舊阻礙著姻緣路，每年的節慶，她總是形單影隻。

「爸爸！就是這個阿姨搶了我的泰迪熊！」小男孩一手牽著壯碩的男子，一手指著她說。她驀然抬頭，滿臉驚訝！「喔！My God！」她在心裡驚呼著。這個曾經蒸發消散的人，突然像太空人回返地球般出現在她眼前。

她一句話也說不出口，不經意間瞥見他手指上的銀白色泰迪熊戒指，剎那間，她明白了。

原來，他把她寶貝的熊熊轉送給他兒子，至於另一指戒指應該是套在另一個女人手上吧！

沉愛三年

電視新聞正在轉播南部某縣長公子的世紀婚禮，浪漫的玫瑰花園裡舉行的戶外庭園婚宴上，布滿了粉色的香檳玫瑰和氣球，在綠草如茵和藍天白雲的襯托下，洋溢著幸福和喜悅。管絃樂團正在演奏華格納的結婚進行曲，當她看到一對新人喜氣洋洋地接受親友的祝福時，終於忍不住內心酸楚而潸然淚下，久久不能自己。

隔天，她請了假，搭上飛往南方的飛機，隨身帶著一只包包，裡頭裝滿三年魚燕往返的書信。一路上，她抑制不住的淚水隨時會迸流而出，旁人遞給她紙巾時，她只能領謝卻無法開口說話。她只知道她必須回到那個他們初識的海邊，去進行某種儀式，才能夠搶救宛如溺水的自己。

三年前的夏天，她放暑假回到靠海的家鄉，在小鎮的街上，遇見一個迷路的青年人向她問路。後來他們又相遇在海邊，他請她當模特兒，拍了幾張照片。隨後兩人便聊開來，原來他在英國留學，專攻攝影技術，這次回來度假，便開著車四處遊玩和拍照。

她將一封封的書信重新讀過一遍，然後摺成一艘艘紙船，放進海中隨海浪浮沉而逐漸被吞噬在海裡。「從沒遇過像妳這麼愛海的女孩，我猜，搞不好，妳前世就是海龍王的女兒來投胎的！」「我在西班牙的海邊看到一幢用貝殼黏貼成的房屋，非常漂亮，將來，我希望能親手為妳拼貼一間貝殼屋，做為幸福的保證。」貝殼屋的草圖最後也被她推進大海中消匿無蹤。漸漸地，她的心情慢慢的平靜下來，她不再怨懟，反而充滿感恩。感謝他曾經給她充滿愛的三年，雖然最後新娘並不是她，但還是衷心期盼他能幸福一輩子。

她相信像她這樣樂觀善良的女孩，上天必定待她不薄，也許將來的某一天，她會遇見另一位更適合她的Mr. Right！

重逢

她受朋友芊芊的重託，答應幫她的堂哥尋覓一位佳人。打開資料袋抽出個人檔案，一眼卻看見那個讓她一輩子也忘不了的名字；照片上的臉龐依舊英氣煥發，只不過多了些謙卑、印象中瘦削的下巴現在則明顯圓潤很多。

她按耐住不斷往上升的情緒，勉強地將資料看完。原來當年愛戀的夢幻情人，如今已貴為某企業的負責人，但卻還是個黃金單身漢！她嘆了一口氣，全身疲軟得癱進高背椅中，思緒漸漸游離到縹緲的遠方……。

十八歲那年她隻身北上求學，在系上學姐的推薦下，她加入學校的社服團。在這個社團裡，她遇見百分百完美理想情人的他，高大英挺的外型、俊俏的臉龐、有點憂鬱的文藝氣質，像極了高中時期為之瘋狂的日本偶像；但其實真正讓她心儀的是他正直的性格和多元的才華。然而這樣的人就像是舞台上的明星般，聚集了多少學姊學妹注視的目光，讓人難以接近，只能默默地暗戀在心頭。

每天他的影子佔滿她的腦海，一種揮抹不去的感覺，日日夜夜牽絆著她。大一時土樸羞澀的模樣看起來毫不起眼，加上大考完興起去燙頭髮，結果卻失敗燙成「獅子頭」，配上圓圓的眼鏡、肉肉的臉頰，本身既拘謹又害羞的性格，實在像極了醜小鴨，一點點吸引異性的魅力也沒有。

「他看起來多憂愁，是為我還是為另一個？他看起來好迷惑，彷彿在等著我把靈魂還給他；他是真的需要我，每一刻都要我在左右；他不能夠失去我，用嫉妒寵愛我，忘記了還有秋冬。」當年葉倩文流行歌曲專輯裡有一首歌〈他〉，讓她往後一直百聽不厭，好像專門為她所寫似的，直寫進她的心底去。

現實裡未能做到的事，只能在獨處的時候編織著夢想聊慰自己。而幻想總是甜美的，幻想和他在一起的種種，會令人陶醉而不可自拔。

「我像小船飄蕩在海上，一天的暴雨，一天又天晴；他像一段神話，變化著光芒，要捕捉無影無蹤；他像一個孩子，把情話都用完，說走就走。」

直到有一天，系上「心衛課」老師要同學去做一件瘋狂的事，突破自己的規則，做自己心中想做而不敢做的事。譬如什麼呢？半夜去海邊看月亮、聽海濤的聲音？拿著台北市地圖獨自流浪一天？還是和心愛的人表白內心的愛慕呢？她費心思索好些日子，才突然發現自己有太多想做卻不敢去做的事。也許她是習慣內心抱著太多的禁忌和成見，才讓生活變得如此僵硬和封閉吧？

知情的好友不斷鼓勵她採取主動出擊的做法，她終於下定決心超越自己。她熬夜寫了一封文情並茂、表白強烈情意的愛慕信。在守候他的身影多日後，某一天終於等到他出現的一刻，將那封信送到他的面前，當時他的驚訝滿載臉上。

然後又是等待多日，好不容易再見面時，讓她印象最深的是他那彆扭的表情，以及不準備說明任何意見的態度。她思前想後，覺得自己是不是太自私了？總認為對方應該照她的想像去做！若沒有，便有種強烈的失落感，其實讓她最害怕也最可能被傷害的，不是擔心知道他有女朋友或心儀的對象，而是他有意的忽略或他擔心傷害她而編織了種種理由的那種態度。

結果什麼回應都沒有，讓她對「等待」這兩個字，產生徹頭徹尾的冷絕。她覺得浪費了一年的青春，去做了一件不該做的事。最叫她難堪的是，她發覺原來都是自己在演戲，依著情緒的起伏，配上豐富的想像力，像是自導自演了一部荒謬劇。她無法面對內心的恥笑，只想遠離人群，逃到一個安全的地方。

「他永遠都不犯錯，錯的人總是我，再努力也沒有用。我是習慣還是在忍耐，愛刻在心底，恨又在心底，說不出悲哀。從今後，他不能再騙我，夢已經太多，這種傷一生一次；他不能再怨我，是自己要錯過，最傻的我。」

十九歲那年苦澀的單戀，內心所受的創傷對她日後的人生產生極大的影響。往後她的情路一直坎坎坷坷，多少異性在她身邊來來去去，然而她總將人家拿來和心底的那個影子比一比，結果當然遜色許多。曾經滄海難為水啊！再也沒有人可以進入她的內心，她再也不願意耗費時光在某一個人身上。她發誓從此後，要用全部的熱情和心力去活出本身的生命價值，要活得亮麗和光采！

大學畢業找工作，當系上的同學不是轉行當老師，就是想盡辦法進入政府部門。

而她卻跌破大家的眼鏡，選擇到婚友社去當一名小小的專員。她很清楚要的是什麼，只不過是想藉工作來了解男女感情的真實模樣，以修補心靈最脆弱的那一塊。

十多年過去了，工作上的歷練讓她學會保養裝扮自己，在人際關係的應對進退上更是收放自如，兩性的心理差異她也了若指掌，她將學校學的心理分析等運用在撮合男女配對上往往成效頗佳。經過不斷的學習，她由一名小專員努力晉身到社長的地位，今非昔比，當年的醜小鴨已蛻變成人人想一親芳澤的天鵝，曾經只會傻呼呼在別人背影守候的羞澀少女，現在已然是一回眸百媚生的熟女，只要一個眼神，就能讓對方神魂顛倒！

她打電話和他約在豪華飯店共進晚餐，說是因為工作需要，必須對他深入訪問。這一天，她的心情異常的愉悅，特別穿上衣櫥裡那一件最能表現她女性柔媚的紅色禮服，配戴上收藏多年、又能恰如其分的襯托出她高雅氣質的首飾，用心的將多年來最美好特質展現出來，好像一件珍藏多年的寶物終於亮相在世人面前，然後神采奕奕赴一場神秘約會。

洪金蘭 著

重逢

義大利餐廳裡悠揚的鋼琴聲和佈置場景，讓她柔情似水的本性輕易地流溢出來，高樓靠窗的位子，可以遠眺大屯山的美景和腳下都市迷幻的燈火，第一次她突然非常渴望身邊能有一個知心的伴侶，陪她走過春夏秋冬，她忍不住虔誠祈禱，讓他這一次能夠愛上她！

他匆匆趕來說不好意思遲到了，在相互的眼神交換中，她讀出他眼裡的驚艷。

「我覺得妳好熟悉，我是不是曾經見過妳？」坐定後，他緩緩說出。

「有嗎？」她聽了笑而不答，暫且不打算往事重提。

美酒佳餚讓他放鬆，面前的這位柔和美人有一股魔力，讓他不斷地卸下心防，陳述他生活的點滴。

「年輕時一心只想成就事業，從來沒有認真地交往過異性朋友，現在三十七歲了，應該是成家的時候了！」他透露出對婚姻的渴望說著。

「你喜歡怎樣的對象？有沒有理想的樣子？」她輕描淡寫地問。

只見他眼光發亮直直盯著她看，好像望穿她似的，她只好將眼神閃躲進面前的食物裡，剎那間，她的嬌羞讓他感覺彷彿時光倒流，回到了青春少年時。

「像妳這樣子吧！只可惜你已經名花有主了！」他瞥了一下她手上的戒指直率地說。

聽到這句話，她笑得燦爛無比，好像一朵盛開的嬌豔玫瑰，讓人甜蜜在心底。頓時，她感到很久以前埋藏在心裡的創傷漸漸癒合，那個曾經陰暗濕冷的角落，此時被溫暖的光照亮起來。她一方面感到喜悅飛揚，一方面卻覺得異常悲苦，這樣悲喜交集的情緒，讓她忍不住雙眼出水，卻更顯得迷濛動人。只能說她像是一個經過辛苦磨練的奧運選手，終於奪得金牌，為國爭光了！

至於那個粉飾單身的戒指，不過是保護她心靈平靜的罩門。她知道她可以和他共舞下半人生了，感謝老天給他們重逢的機會，這是她三十五歲收到最棒的禮物！

憂鬱葬禮

她躺在浸滿山楂和米酒的浴缸中，決定埋葬她將近半年的憂鬱情緒。在這個陰雨綿綿的清明時節，她用雙手，用整個心志決定甩開那團烏黑穠稠又骯髒的憂鬱黏液。

她將身子沉入水中，用手輕輕撥動水面，水面泛開的波紋越過她的肚皮，她感到像是一張鼓面被節奏性地拍打著。「放自己一馬吧！」「不原諒他，就是折磨自己！」「為什麼不輕易地讓自己快樂起來呢？」她的腦海中不斷地閃射出各種不同的指令，它們就像是一張網，合力地想把她吊離這陰暗的幽谷。

她能怎麼樣？不是走向陽光，就是繼續待在這個幽谷裡。她只好告訴自己：「肯定這一切就對了！」肯定他今天對她的所作所為，肯定小孩的玩具火車轟隆隆的聲響，肯定水槽裡一堆油膩膩的碗，肯定自己莫名其妙、無由來的嚎啕大哭，肯定生活中的一切，它們對她產生的意義。

也許她應該感謝他，讓他用背叛來喚醒她反省自己對待他的方式。感謝他讓她明瞭，她曾經對他是那麼凶狠惡劣；謝謝他讓她學習如何與他和平相處，也許這就是她今世最重要的生命課題。他慣壞了她，即使她以前對他的嚴苛、咆哮，他卻從來不會厲聲地指責她，只有在最無法再承受的時候，選擇用背叛來表達脆弱的他。她將憂鬱親手埋葬掉，並且決定不再怨恨他。她希望能在今世好好地善待他，來世不要再冤冤相報了！

救贖

她的心被那個年輕的傳教士男孩占滿了，他就這樣像座山站在她心頭上。在每個夜半醒來時，她便會感覺到他的存在，存在她的意識中，存在她內心的角落裡，漸漸形成一種壓力，力量大到讓她睡不安穩。

「愛是什麼？」「無條件的愛又是什麼？」最近她的心底一直浮現這兩個問題。她覺得莫名奇妙被那個男孩吸引，她想他不過是個非常單純的男孩罷了，對這個現實社會和愛情也許還懵懵懂懂，而她對此卻已充滿著冷漠的看法。

她想她曾經受過的傷、壓迫和委屈，可以在他溫暖如太陽般的笑容下全部融化掉嗎？她發現自己很愛他，就像愛著年輕時候的自己，燦爛和純真。因為遇見他，讓她感覺彷佛時光倒轉，回到了十幾年前的自己，那時充滿希望和無限的想像。「年輕真好啊！」當她望著他的背影時，常常不自覺地發出這樣的感歎！

她曾經幻想和他結婚，認真的想過當他的妻，雖然他的年紀比她小很多，但是她

願意再為他生兒育女，為他付出一切，為他做任何事。當她重新用想像再走一遍婚姻時，她漸漸地領悟到上蒼慈悲的愛，藏在這個傳教士身上，因為透過他，透過愛他的經驗，像一面鏡子反射出她在婚姻中，所犯下導致她的婚姻搖搖欲墜的錯誤。

這樣奇特的愛戀經驗，讓她彷彿又回到二十幾歲的時光，感覺生命的長度拉長了。透過這樣的角色扮演豐富了她的生活，也擴展了她的視野，讓她變年輕，容貌煥發；然而最重要的是她多年來因為婚姻中種種的考驗導致千瘡百孔的心傷痊癒了，上蒼的愛這麼幽深隱微卻又如此巧妙地救贖了她，讓她看見自己的錯，並且願意修正自己的行為和態度，重新拾回對丈夫的愛，婚姻更加穩固了，對生命，她更重新再燃起熱情。

突破

早上九點多，她站在捷運月台上眺望對面的觀音山，九月的氣候涼爽宜人，朗朗的藍天裡幾朵閒閒無事的白雲，還有那溫煦不刺人的陽光，讓她一面領受微風舒緩的吹拂，一面讚歎生命的美好。

她穿了一件無袖粉紅色洋裝，外搭黑色針織短外套，腳踩著高跟粉紅色涼鞋，連唇蜜都特意挑上桃紅色。她喜悅的心情透過這一身裝扮，彷彿在昭告世人說：「今天，我很好，很快樂！」的確，粉紅色已儼然成為她的快樂代表顏色了。

有個水的結晶實驗說：「水是一種訊息載體，能夠反映出不同訊息的結晶狀態，而最美麗的六角形結晶狀，是對水傳達『愛』與『感恩』的訊息。」

她坐在捷運車廂裡望著窗外的風景，她的心裝滿了愛和感恩，為了讓身上百分之七十的水呈現最瑰麗的面貌，她決定往後，無論如何都要努力維持美好的情緒；

另一方面，也許跟她早上哭過有關，因為她心血來潮播放電腦的流行音樂，動人的曲調讓她哭得淅瀝嘩啦，把前幾天對某人累積的怨懟不滿情緒一掃而空。垃圾清除了，只留下一道美麗的彩虹，而哭過的眼睛最美，讓她忍不住補上眼影。

難怪，她今天心情特好，即使等會又要進辦公室，那些人事糾葛、恩恩怨怨的煩惱早已被她拋諸腦後！

她想起三年前中秋節那天午后，她坐在河岸旁的石椅上，聆聽一位外國街頭藝人的排笛演奏，陽光從側面照射過來，她整個人沉浸在〈D大調卡農〉的排笛聲中，想到那個美國男孩全然包容的愛，那天她的心情就像今天一樣，感覺到他的愛自四面八方包圍過來，將她籠罩著，讓她神采飛揚起來，感受到生命的燦爛和美好。

那個外型像盛滿大地富饒養分的美國男孩，身上有一種像海的寬闊和像山的穩重特質，是他教會她如何去愛，也是他讓她從愛中完全復活過來。

捷運駛過紅樹林，她清楚記得，曾經因為不捨他的離去，而在紅樹林的步道上放聲哭了起來，心裡不斷地對他呼喊著：「I miss you so much！」

劉若英的那首〈後來〉開始迴旋在她的心海裡：「後來，我總算學會了如何去愛，可惜，你早已遠去，消失在人海；後來，終於在眼淚中明白，有些人一旦錯過了就不在。」

她的眼眶漸漸浮出一層淚光，回憶卻像幻燈片一樣，一張又一張地自動播放著。因為他的關係，讓她也變得喜歡音樂，剛開始她最常聽林憶蓮的〈至少還有你〉——「如果全世界我也可以放棄，至少還有你，值得我去珍惜，而你在這裡，就是生命的奇蹟。」

她那時好渴望有一個外國男友，因為她在本地男孩中找不到她嚮往的愛情，然後她真的像是個乖小孩，得到了父親的恩准；她的請求被上蒼聽見了，就送他到她的面前來，用他的熱情和坦誠洗淨她身上沾惹的塵埃，他默默的付出和無所不在的包容，讓她感到很幸福，彷彿在天堂。對她而言，他就是她的奇蹟。

後來，在互動的過程中，似乎是自己的反覆無常、忸怩不乾脆的樣子，漸漸澆熄他的熱情，忘記了到底是什麼原因讓她最後失去他？現在回想起來，覺得萬分後悔，她歸罪於自己「限制性的想法」阻撓了她的幸福。

她突然明白了：從小到大有多少人愛過她，只是她不知道，因為她內心的頻道無法和這些人對焦，因此她錯過了多少的友情和愛情啊？

不久前，她在機場的候機室裡認識一位男子，年紀約莫小她父親二、三歲，穿著極其輕鬆普通，但散發著一股魅力，因緣際會，兩人相談甚歡。偶而抬頭瞥見他眼裡的奕奕神采，他的談話深深吸引著她。

爾後，陸續收到過幾篇他從美國email來的網路文章，每一篇都深深觸動她的心靈。她一直回想起那奇妙的際遇—和他短暫的相遇，卻影響她的後來的人生；就在她困在家庭和工作裡，找不到出口的時候，因感受到分享文章的撼動，讓她立下一個關於「寫作」的夢想。

如同三年前她快要瀕死在憂鬱之海時，用愛治癒她的美國男孩一樣。

她感到上蒼對她的厚愛和疼惜，祂適時派來的天使，總是不斷拉拔和支撐著她，想到此，她突然熱淚盈眶，覺得怎麼能不「愛」和「感恩」呢？她的生命原來是由許許多多的愛所堆疊起來的呀！

她覺得應該要拋棄過去那些「限制性的想法」，有沒有可能跨越性別、年齡和種族，找到人與人之間純粹的愛、關心與尊重？

這一次，她決定要主動留住她的天使了。就像她好不容易才在臉書上和她離散二十二年的高中室友重逢，那個曾經看過她十八歲的模樣、幫她剪過髮、陪她去醫院看病的天使，再相遇時，她說的第一句話就是：「謝謝妳當年的照顧！」

走出捷運站，晴空蔚藍如洗，她最喜愛的季節又來臨了，她想她今天一定看起來很美，因為身上百分之七十的水有著最美麗的結晶狀。

她希望從現在開始，天使能常駐在她身邊，而她也暗自下定決心，將來，她也要當別人生命中的天使。

角色扮演

距離上次她在這家河岸咖啡廳吃早餐的時光已經有兩年了。她一邊撕著手上的義式香料起司麵包，一邊回想這兩年她到底做了什麼？去了哪裡？不然怎麼會遺忘這個可以眺望廣闊河面，又可以發呆沉思、聆聽浪漫爵士音樂的好角落呢？

她將撕裂的一小塊麵包投入嘴裡，香料起司的鹹和甜被嚼得四處奔射；右手將奶油送進口裡，滑溜溜的鹹味立刻覆蓋上她的味蕾；然後左手叉起了一塊巧克力松露蛋糕丟進嘴裡，逐漸融化的巧克力像快樂魔法棒在心口腦際劃過，星光般地閃爍開來。最後，吸一口草莓奶昔後，她的幸福感隨著食物一層又一層堆疊到最高。

她今天是為了慶祝而來的。慶祝「角色扮演」開幕式，首部曲就是「快樂的單身女郎」！

她已經籌備很久了，特別挑今天孩子們戶外教學的日子，假裝自己是個失去婚姻的婦人，不用去學校接送孩子上下學，不用去菜市場買菜，不用摺疊成堆的衣服，更不用管流理台的殘渣和浴室裡的毛髮……。

今天，她可以自在地決定腳步的快慢，可以放心地仰望天空中流動的白雲、俯瞰跳出河面的魚兒，可以和停佇在舢舨船沿的海鳥對話，因為牠們活脫脫像歷經風霜的老智者。

「假裝為失婚流下兩顆難過的淚珠吧！」她煞有其事地用食指輕輕劃過眼眶的四周。

象徵哀悼的淚珠蒼白無力地滾落，快樂則像一朵綻放的花朵飛快地抹上她的臉龐。

整個下午，她將自己盪鞦韆似地在河岸來回盪了三十三次，她的心時而盤旋而上、張開羽翼飛向藍天白雲；時而裙擺飄飄、仙子般緩緩落入凡塵。她迴旋，她跳躍，她飛舞，極力抖掉身上無形的枷鎖，然後累極了，腿軟了，跌入佈滿麻雀啁啾聲的木椅中，發呆再發呆。直到黃昏來臨，太陽掉入海平面之前，她去買了一支五十五公分的巨無霸霜淇淋，在舔完最後一口，她心滿意足地起身，漫步走回家。

太陽的餘暉落入海裡，泛出閃爍的金色光芒，映照出她的心充滿奇特瑰麗的色彩。

「暫時脫離現實的感覺真好啊！」她在心底輕呼著。

壓抑不住的快樂，讓她開始幻想扮演的第二部曲，也許是穿上最華麗的衣裳，在那開滿櫻花的天壇前，飾演高貴的皇后；或是在古色古香的中國式庭園裡，扮演等愛的大家閨秀？

幻想是最佳的治療方法，換個角色扮演可以填補生活的空虛。

「只要不是太超過就好。」她一邊走路，一邊嘴裡念念有詞，嘴角輕輕上揚，像個知道某種秘密的窺視者竊笑著。

此時，萬家燈火已光輝點點，家家傳出飯菜香，她突然很想念家人，先生應該接到兩個孩子，三人正嘰嘰喳喳走在回家的路上吧？在放逐自己一個下午之後，她慶幸還有一個溫暖的家等待她回去。

三十三歲的領悟

此刻，她正坐在南非失落之城（Lost City）最頂級豪華的超五星級皇宮大旅館三百一十二號客房裡，向下眺望窗外的人工熱帶雨林。

舉起手中的南非啤酒，啜飲一口，瞬間的冰涼感暫時紓解她身體的燥熱，然而靜謐的空氣，卻讓她潛藏內心的空虛寂寞，一瞬間流瀉開來，使她慌張得不知如何自處。

她在三十三歲生日當天，主動揮別了十年的工作和戀情，單獨搭機前往這個動物可以自由馳騁在草原上的遙遠國度。只為了逃避一雙眼睛，更確切地說，是她再也受不了看見某個人，因為看見了，就想愛了，而讓她轉身離去的原因，是她再也負荷不了的疲累和厭倦。

她想起久遠年代的一首民歌〈忘了我是誰〉：

「不看你的眼，不看你的眉，看了心裡都是你，忘了我是誰……」

歌詞是如此精準地反映出她現在內心的寫照。

低落的心情觸動她淌了許多的眼淚，酒的效應更加催化旅途的勞累。於是，她早早將自己扔進柔軟的床被裡，打算睡個天昏地暗。

第二天在寂靜的清晨中醒來，環顧四週，皇宮般富麗豪華的擺設和裝潢、家具上動物浮雕造型透露出強烈的非洲風情，還有旅館所標榜的「如帝王般的享受」，身處異國如夢幻中的皇宮，讓她在淋浴之後，煥然一新，好像變了個人，不再是那個不斷為愛付出、為對方改變自己，最後卻發現男人的被動，而讓自己感到毫無價值的可憐女人。

她預約了一場夢想中的熱氣球之旅，當氣球緩緩上升，慢慢飄移在湛藍的天空時，無意間瞥見同行的一對白人情侶，他們深情款款地注視對方，手牽著手，彷彿天地間只有他們存在似的。

愛情電流在眼前強力四射，無辜的她被刺痛得泫然欲泣，只好轉頭看那一望無際的草原，還好有一片綠意暫時止住她的心酸。正當她漸漸出神忘我地眺望腳下宛如玩具般的農舍和羊群時，耳邊突然傳來一陣陣歡呼鼓掌聲，原來是那對愛侶男方向女方求婚成功了。

看到別人的圓滿結局，自己卻得不到幸福的承諾，觸景傷情讓她忍不住哭了出來。她曾經跟他要求結婚，得到的答案卻是：「在事業還沒有成功之前，我不會考慮結婚！」她不懂他事業成功的定義，從她二十三歲一踏出校門，便進入他的公司，當時，大她十歲的他充滿理想抱負的模樣，對她特別有吸引力。後來，他不僅是她的第一個老闆，也成為她第一個愛上的男人。

十年來，公司規模不斷擴大，業務蒸蒸日上，而他們低調的戀情在他的要求下，被秘密地保守著。她彷彿只為他一個人而活著，時常改變自己迎合他，以他的呼吸為呼吸似的，隨他的心情起伏而悲傷憂喜；即使後來發現有第三者介入，她仍然選擇諒解和包容。

直到最近，因為工作上的事與同事發生摩擦，他對她說了一些否定的話，傷透她的心，使她喪失自信心，同時也對這份感情產生質疑。得不到他的慰藉，她終究走不出負面的風暴，認清他對她的冷酷和殘忍後，她無法再愛了。十年的感情全都拋向大海，只好自我安慰說：「算是還清前世欠他的情債吧！」

她耐著性子攀爬蜿蜒的石階，終於登上她渴望已久的好望角燈塔。陰沉的天空，四週只有灰色的基調，面對大西洋和印度洋的匯流處，浩瀚無盡的海面，讓她感到渺小如一顆塵沙。強勁的海風不停地狂吹，吹亂她整理有序的長捲髮。燈塔下海浪一次次衝撞崖石，發出的巨大聲響和濺起的滔滔白浪，一再地使她心驚膽跳。

海鷗兀自飛翔，孤獨的身影像極了她，一股從未有的蒼涼和孤寂感，此時此刻，好像飛到了世界的盡頭，猶如生命也走到了轉折。

狂風吹醒了她的腦，也吹開她緊閉的心靈。她決定回頭去尋找曾經因為他而被自己放棄的信念，從今以後要珍愛自己、肯定自己，把失去的、丟掉的、忘記的那些支撐她安身立命的價值觀重新建立起來。

她在開普敦的街上，看到一群黑人小孩在唱歌，他們高亢熱情的合聲，如草原上自由奔放的動物，充滿原始大自然的活力。那些孩子個個赤著雙腳、穿著破衣，卻依然天真快樂地唱歌跳舞；而她一身名牌，精神上卻如此憂傷和消極。當下她頓悟了，慚愧不已，明白上帝像牽著她的手，千里迢迢越過汪洋大海，只為了讓她看到這一幕。

她突然記起小時候最愛的繪本《花婆婆》，那個描述老婆婆種魯冰花為世界增添光采的童話故事；她靈光乍現，也要學習花婆婆，去做一件讓世界更美麗的事。回到台灣後，她毫不猶豫地剪去飄逸長髮，換上清爽俐落的短髮造型，加上她不時流露的喜悅光芒，讓她的家人感到不可思議，直呼「南非之行」的神奇魔力。

某一天午後，她整理出五箱的名牌衣裳，打算捐給基金會的弱勢家庭，連她最鍾愛的那件白色楓葉長洋裝，都願意割捨，只希望窮人也有機會穿上美麗的衣裳。這是她想出來，讓世界變得更美麗的方法。

正當她沉浸在善心所散發出的光輝時，突如其來的電話鈴聲將她拉回現實。

「喂？」

「你回來了？」是他打來的，聲音低沉，卻聽的出被刻意壓抑下的強烈情感。

「嗯，嗯。」她被動地回應著，也極力克制自己不被他溫柔的聲音所左右。

「回來吧！」他真摯的情感和溫暖的嗓音，終於讓她的淚珠忍不住悄悄滑落。

「嗯，我還要考慮一下……」她勉強地回答，並為自己第一次有勇氣說出真心話而感到驕傲。

她才開始學會珍愛自己，為自己而活呢！這一次，她要當自己的主人，不再輕易說：「Yes」了……。

求婚

凌晨時分，當她一踏進大廈的家門時，突然自黑暗中傳來一聲：「他是誰？」濃重的嗓音包裹著如山倒海般的憤怒，加上瀰漫在屋裡似曠野迷霧般的伏特加酒味，濃烈得讓她心頭一震，雙手也不自覺地顫抖。

向著馬路的那面窗簾隨著微風輕輕飄動，月光尾隨著晚風的腳步爬進屋內。她看見坐在吧檯前的他，像一座即將爆發的火山。她心想：「他剛才一定往下看了！」隨後將燈打亮，便一臉無辜地往沙發一沉，眼淚開始撲簌簌直流。

「只是個普通朋友！」她噘著嘴低聲回答。

「那他為什麼摟著妳？」他仍舊窮追猛趕地殺戮過來。

「哪有？」她突然像小孩一樣耍賴，她知道惟有這樣才能消滅他那泥漿滾滾般的醋意。

況且，她真的只把那人當普通朋友，因為今晚特別寂寞，禁不住對方一再地邀約，也因為喝多了紅酒，實在記不得他跟她說了什麼甜滋滋膩死人的話。

他看著她迷糊的神情，臉上暴跳的青筋逐漸撫平，卻仍一搏試圖地補上一句：「我對妳不好嗎？」

他外型俊俏，恰似某位當紅的電影小生，內斂專注的性格正如他那一身結實的肌肉線條，喜穿黑皮衣、牛仔褲和短馬靴，是一位俐落又充滿陽剛味的男人。他喜歡照顧她，不時下廚顯露手藝，讓她嘖嘖稱奇；最特別的是，他幫她整髮的功夫，簡直可以媲美東區時尚髮廊的設計師。

但是，他卻有著無可救藥的佔有欲和三不五時會突然失蹤的習性。這也是讓她近日深感不安的原因。

「誰叫你又不告而別！」她忿忿地說。這三天來，她無法克制自己不去揣測他的行蹤，她猜想男友會不會是個神祕的情報分子，或是某個秘密組織的成員……？

「而且我也不了解你的過去，不知道我們的未來會如何？」她又辯解著說。

她的話像一根針刺得他的心隱隱作痛，他心想：「她是屬於我一個人的寶貝，容不得其他人分享。」但他也不忍再看她梨花帶淚的可憐模樣，於是起身坐到她身旁，捧起她的臉蛋，將她的兩行清淚拭去。接著他自口袋裡掏出一個水藍色的小盒，打開盒蓋，取出一只橢圓形鑲嵌祖母綠的鑽戒，套在她的無名指上，「我們結婚吧！」他語氣堅定又溫柔地說。

當她看著戴上婚戒更顯美麗修長的手指，嘴角忍不住泛起勝利的微笑，於是摟著他的頸項，回贈他一個甜蜜之吻，一邊想著：「剛剛的摔跤招數果然奏效了！」

結界

晚上十點零五分，最後一班從天津飛來的班機已抵達機場，旅客陸續出關，穿過那道自動玻璃門後，第一眼看見的就是她服務單位的櫃檯。

今晚她加班，偌大的櫃檯只有她一個人留守，原本延誤到十點五十分的班機，最後出乎意料地提前抵達了。雖然額手稱慶，但是她已經精神渙散、哈欠連連，兩隻眼睛紅得像小白兔。

形形色色的旅客在她的面前走過，在她逐漸陷入昏沉的當下，四周卻異常熱鬧喧嘩。有那久未謀面情人間深情擁吻的畫面、一群初來乍到陸客高昂的談話聲、還有在入境大廳一隅的求婚團，正在醞釀浪漫的元素。

突然間，她嗅到一股異常的氛圍，她立刻警覺地集中精神，定眼仔細搜尋。活躍於黑夜的妖怪，會躲藏在人皮之內，混雜在人群中通關，果真在那個帶著兩個幼童、面容慈祥和善的老翁身上，她嗅到妖怪的味道。

她快速站起身來，向後迴轉，立即幻化成一名銀白系的女神。左手持著一根銀白色的法杖，整齊服貼的銀白髮絲在後腦杓梳成美麗的髮髻，頭頂上銀白鑲晶鑽髮冠，和全身閃亮的衣裳相互輝映，斬妖除魔的光芒形象一瞬間形成。

她用右手在空中比劃，然後伸出右手中指和食指，指向老翁的位置，迅速在他的四周定礎，使那個方圍之內產生無形的結界，隨後口中念念有詞，右手再向空中擷取力量，一鼓作氣地往結界處畫押，使力消滅牠，最後打開穴門，將牠收服進她的法杖之內。

「小姐！請問接機是在這兒嗎？」一名神色慌張，說話聲音急促的男子驚醒了她。

原來，她剛剛做了夢，清醒後，她找不著那對戀人，也沒有看見求婚團的熱鬧，更沒有發現老翁和童子的蹤影，只有三三兩兩的旅客拖著行李緩緩走出寂靜的大廳。

最近，她想幫助自己在四周做個結界護體。她渴望像卡通《結界師》的主角一樣，能夠在自己建立的結界裡安全地不受外界的干擾。她不求可以殲滅怪獸的超能力，只求為自己架構一個堅牢不破的防護網，以對抗那如洪水猛獸般將人吞噬的負面能量，並隔絕那些讓人喘不過氣來的要求。

她希望在結界裡像是在一間無菌的溫室，讓她可以平靜地滋養自己，使她得以綻放出如花朵的笑靨。

她一直想試試茶浴。這陣子她時常發怒，好像誤吃了劇毒的蟠桃，內心充滿惡念，讓她苦不堪言。她終於有好理由，希望上等的茶浴能洗去髒污，滌去她內心的怨毒。

喝下半杯的金黃色茶湯後，她的胸口漸感溫熱，身體沉入浴缸淡褐色的水中，片片茶葉如花落般隨之飄舞，煞是美麗。她隨手撈起一片飽滿厚實的葉片斟酌一番，想像這些曾經穿過冰雪、終年在雲霧下的葉子，深藏著某種大自然珍貴的能量，讓她能泡出「真善美」的意念來。

她的雙腳在水中輪流打圈，激起許多的泡沫，霧氣迷濛之間，她彷佛看到惡念如浮在空中的氣泡……，她用食指一一指向那些氣泡，氣泡像被針刺著了，啵啵地消失在空中。

沐浴完，她走進書房，坐在書桌前，無意間翻閱過去的心情筆記，其中一句話讓她非常感動：「讓相愛的人繼續相愛，不相愛的人能夠相愛。」曾經，她也有如此成人之美的胸襟啊！

「要做溫室裡的花朵？還是要成為能夠適應季節變化的大樹？活在結界裡，惰於與外界互動，無疑也是框住自己。」她想

而且，她發現自己太在乎別人，應該多把注意力轉向自己。她決定不再執著分別善惡，讓愛重新回到心中。

她想像每個人是一棵棵不同的樹，各自產生氧氣滋養著她。她僅持的信念，就是活在恩寵之中，沒有煩惱、疑惑、猜測、比較、嫉妒、不滿和怨恨，彷佛自己就是那澄澈的光！

四、心靈隨筆

傳統市場樂趣多

我從職業婦女轉換成家庭主婦的生涯已超過半年了，至今對逛市場買菜這件事仍然樂此不疲，就像劉老老逛大觀園一樣，充滿新奇和好玩的樂趣。

前兩天，去市場買菜時，遇見一攤從未見過的菜，它的顏色鮮綠、形狀類似辣椒；老闆娘當眾示範炒了一盤讓大家試吃，好奇心使然下，我嚐了一口，感覺味道還不錯，對這個有辣椒香味卻不會辣的新鮮菜，老闆娘告訴我：「它叫糯米椒，產地在花蓮，可以炒豆鼓或肉絲。」

回家後，上網查相關資料，發現糯米椒最方便的做法是汆燙後淋醬汁；而且還有人拍賣幼苗、教人如何種植糯米椒的方法呢！

剛開始主婦生活時，以往以「工作」為寄託的我，頓失重心；如今我已能從生活中的點點滴滴找到樂趣，領悟到「一沙一世界」的奇妙；一件小事若能細細品嚐、慢慢咀嚼，就會發現這真是個萬千世界啊！生活能否過得精采，端看自己有沒有用心罷了！

競爭力十足

去年從南部接孩子回來同住，為了消除母子間的疏離感，幫助孩子及早適應；加上他就讀公立附幼，下午四點就放學，幾經考量下，決定暫停工作，專心在家當個全職媽媽。

許多在家庭與工作之間兩頭忙碌的朋友，得知我現在主婦的生活時，常常發出羨慕的口吻：「哇！好棒啊！妳現在是個閒閒美代子！」的確，剛卸下工作壓力的我，過著閒雲野鶴的自由日子，挺讓人羨慕的，但這段類似退休後的甜蜜期，只維持三個月。

先生的工作穩定、待遇還好，但我血液裡的完美因子與憂患意識，開始讓我感到必須規劃生活，就像上班族擔心一個專業還不夠、害怕被裁員，家庭主婦也難逃「全球競爭」，害怕被老闆（先生）解僱、被這個知識社會給淘汰。

所以我除了致力於教養孩子、在廚藝上更精進、居家環境維持整潔外；更廣結善緣，營造良善的環境給下一代；積極進修學習新知，將興趣轉成專業。這些目標讓我擺脫閒散、提升自己存在的價值。現在的日子變得既忙碌又充實，奮發向上的精神感染家人，也克服心中對未來的不安與恐懼。

朋友萬萬沒想到：主婦生涯並沒有讓我變成不修邊幅、身材走樣的婦人，再見到我時，卻是一個渾身充滿競爭力的女人！

隨時隨地愛雞婆

星期六的下午，我們帶孩子到關渡水岸騎自行車。孩子們各自選好車後，便跟著爸爸一路沿著河岸步道騎去，我則獨自一人在碼頭附近散步。

微風徐來，夕陽的餘暉籠罩大地，我倚立在碼頭的欄杆邊，看著岸上的招潮蟹和彈塗魚，正當陶醉在這美好的時光時，耳邊卻傳來一陣小孩哭泣的聲音。循著哭聲回頭一望，看見一個約莫二、三歲的小男孩，正孤獨的站在那兒哭著喊媽媽。

我觀察這情況大約二、三分鐘，四周的人眼睜睜的看著小孩，卻沒人過去搭理他。孩子哭得很傷心，我心想：「大概是走失了，待會兒媽媽應該會急著來找他吧？」猶豫了一下，還是決定走過去了解狀況，我輕聲地問孩子：「你怎麼了？」並且抱起他，輕輕地拍他的背脊，安撫他不安的情緒。

孩子得到了安慰，很快地停止哭泣，此時卻傳來一聲：「妳不用抱他，他只是在鬧脾氣，我們是故意的！」哦！原來是這樣啊！我趕緊把孩子放下，不再管事，心裡卻覺得尷尬極了！回到碼頭邊，又聽見孩子的爸爸對他說：「你不要這樣哦！如果被壞人帶走，就看不見爸爸媽媽了哦！」我急忙低著頭去尋找魚蟹，假裝沒聽見，好化解那股超尷尬的感覺。

事後回想這一幕在眾人面前，基於善心抱起別人家哭泣小孩的情形，雖然覺得有些「雞婆」，但結局畢竟是好的，我並不後悔也不認為自己做錯。下一次在街頭再看到可憐的、哭泣的孩子，我還是會厚著臉皮地上前詢問，並且給他溫暖的懷抱！

堅強卻無奈的表舅媽

這次回南部探親，順道去拜訪許久未見的表舅媽。她是一位做事能幹、對待晚輩和善親切的人。

一年不見，沒想到去年創業的表舅中風了，表舅媽也是滿臉皺紋與氣若游絲的虛弱身體。他們唯一的女兒已遠嫁台北，為了不拖累女兒，表舅媽堅持在家經營小生意以維持生活。已六十歲的身軀，要照顧生病的丈夫，又要做生意，難怪表舅媽疏於對自己的保養。

我很欽佩表舅媽獨立過活、不倚賴晚輩的精神，但我卻擔心她若沒好好休息，萬一連她也病倒了，表姊要承受的擔子豈不是更重呢？

於是我勸表舅媽：「不需要每件事都幫表舅做好好，留點機會讓他活動四肢，也讓自己有喘息的機會！」

「家裡已買的健康器材要運用，偶爾花錢為自己買點禮物，讓心情愉快些！」，我將親手做的「回春水」送給她，希望她能感受到我的支持與疼惜。

隨著人類壽命的延長和少子化的現象，老人安養的問題愈來愈重要，我相信表姊也不願表舅媽那麼辛苦，但要把父母接到台北同住及照顧，卻也有她的難處。

其實，如果每個人可以誠心地對待周圍的長輩，像對自己的父母一樣，互相照顧彼此的父母，相信每個人的父母都可以安享晚年，兒女們的擔子也可輕鬆許多，禮運大同篇「老吾老以及人之老」的理想就可實現了！

小小但確實的幸福

以前當OL的時候，自己賺錢自己花，花錢買享受自然心安理得；現在是主婦身份，有時想奢華一下，卻得考量家庭經濟狀況，最後往往作罷。

日前到市區辦事，踩著靴子到處走，回到家後雙腳已疼痛不已。我臨時興起自己做足部SPA，先放上一張心靈音樂CD，聆聽後身心輕鬆自如，然後氣定神閒地取一塊甜甜果香的手工香皂清洗雙腳、去角質，再泡入滴有茶樹精油的溫水中，十分鐘後擦乾雙腳、抹上嬰兒乳液並加以按摩，最後躺在床上抬腳休息。

在這個過程中，我專注在自己的雙腳上，彷彿它們是我呵護的寶貝般，感受柔細的泡沫在腳趾間濡滯；感到腳的皮膚和肌肉在溫水中緩緩地舒張如花朵；在小小的方室安坐數息後，原本隨著外境而動盪不安的心，亦變得寧靜祥和。

原來，幸福不見得要花大把銀子才找的到！運用身邊垂手可得的資源，一樣可以組裝成一件浪漫又溫馨的事。最重要的是要培養一顆善於感受的心，才能在淡泊平凡的生活中賞味出它的價值！

收藏善心

最近我頻頻受到陌生人的熱心幫忙，經歷美好又溫馨的事情，每每回憶起來，總感到既愉快又珍貴。

初春的早晨，我在巴士站等車，因為天候不佳，外套早已被風雨打濕；過了一會兒巴士才到，車門一打開，裡頭卻已擠滿了人；我勉強上車只能緊貼在車門邊，有人好心幫我刷卡，不料機器顯示卡片已無金額，我一臉尷尬做勢要下車，卻傳來司機先生說：「沒關係！不用下車啦，這次算免費，下次遇到我時再補刷好了！」

有一天逛百貨公司，坐在門口的長椅上觀察來往的行人，起身離去時，一位長者氣喘吁吁追過來說：「小姐！你的東西忘了拿！」啊！我這才想到剛領的藥沒拿！

昨天到菜市場買菜，提著大包小包邊走邊想事情，前方突然有位歐巴桑對我說：「卡細二ㄟ（小心點）！地上有狗大便，踩到的話會很臭喔！」

這些不求回報的善心，最能讓我體會到人性的光與熱，從現在開始，我要慢慢收藏善心，將每一次的感動紀錄下來，不但可以回味又能與朋友分享，還可以當成傳家寶，教育下一代呢！

眼神失防之後

星期一下午放學後，我接孩子去上美勞課，途中，孩子直嚷著肚子餓，於是，我們走進一家專門販賣薯條的店。阿婆見到我們第二次光臨，笑得合不攏嘴，我也顧著和她聊天，回家後，才驚覺兒子的水壺不見了！似乎被我們遺落在店裡了！

兒子捨不得他心愛的水壺不見了，催促著我晚飯後，去那家店詢問看看，但時間已晚，店已關門大吉。整個晚上，兒子失落的心情全寫在臉上，一直到水壺重新回到他的懷抱，才恢復他喜悅的心情。

這件事觸動了我近日遺失太陽眼鏡的惆悵心情，這副眼鏡是去年初夏買的，還記得跑了好幾家眼鏡行才挑中它。它鮮豔的顏色和時髦的外型，為我的裝扮增添不少風情，彷彿戴上它，便與時尚接上線，品味立即變得不一樣。這一星期來，我不停地思念它，無法想像它落在誰的手裡。

太陽眼鏡不僅為我遮蔽刺眼的陽光，保護我的雙眼；也在我行走人世間時，緩衝了人際間眼神的直接接觸。我的心事不致於赤裸地由眼神傾洩而出，為我在這忙亂混雜的社會，仍保有一份安靜閒適、不受干擾的心情。

如今，它被我不小心遺落在某個角落，注定無緣再擁有它。幾天來，雙眼除了要適應自然光的刺激，內心也在練習一種舒緩平和的情緒，去面對和他人的眼神交接，深怕自己一個太過直接的眼神，帶給雙方意外的尷尬和不安。

也許只有卸下防衛，用最坦然的眼神與人來往，才能讓別人也有機會望見我內心深藏的溫柔與關懷吧！也唯有沒有遮蔽的眼神，人們才會真心溝通、互相了解，進而產生感情吧！感謝上天，幫助我摘下眼鏡，讓我體會到失去的收穫。

健康存摺

某日，聽到一位朋友說：「我媽媽這幾年照顧中風的爸爸，不僅身體累垮了，連精神上也出現憂鬱的症狀，甚至告訴我說：『她很想逃離這個家！』我真不知道該怎麼做才好？」

這位朋友因為從小家裡就沒有祖父母的庇蔭，家中的經濟從貧困到發達，完全靠父母雙手打拼起來，他們一輩子最大的目標就是「賺錢」。我很佩服這樣的長輩，因為他們完全靠自己，活得有尊嚴又有創造力。

但是，為什麼他們的晚年卻會過得如此黯淡呢？

最近，一向熱情又有活力的先生，回到家卻出現消沉又無勁的樣子，我察覺不對勁，問他才說：「工作壓力大，身體不太舒服！」哦！原來是這樣子！我想到他總是馬不停蹄地為生活打拼，也許自恃著還年輕，並沒有將保養身體視為重要任務。

此時，腦海裡突然閃過那個朋友的故事，如果另一半為了打拼經濟，到了老年卻累出一身病，必須仰賴你照顧時……。喔！我可不想在老的時候也說：「我很想逃離這個家！」

所以，為了儲蓄老年資本，我鼓勵先生一起來運動。每天固定一段時間運動，不但可以消除身心疲乏，還能增強身體的自然自癒力，最重要的是，年輕時就習慣儲存健康資本，到了老年才能減少病痛的折磨，降低社會的負擔喔！

拒絕強迫 勇敢說不

有位媽媽陳述她哄騙、脅迫孩子吃下她認為對孩子有益食物的經驗，孩子一開始相信她，後來慢慢轉為生氣，到現在已不信任她了。

這讓我聯想起家裡的長輩煎了紅豆糕希望我吃下，那紅豆糕是她親手製作的，但卻已在冰箱擺上一段時間了；我在期盼的壓力下勉強吃下我認為極度不新鮮的食物，回想起這段往事，仍然會對當時自己為什麼不拒絕和長輩高壓、強迫的期待感到生氣不已！

昨天去菜市場買菜，賣菜的阿伯說：「地瓜葉兩斤五十元。」我只想買一斤，阿伯卻「不小心」秤超過了一斤，向我要價三十元。我委婉地堅持只想買一斤，其實我在乎的不是五塊錢，而是自主權。

強迫者通常很難自覺「強迫」帶給別人的不舒服感，但是我們可以先問問自己心中的意見，尊重自己。如果可以讓步就讓步，如果堅持不要，就要勇敢說「不！」

這樣勤於傾聽內在聲音的習慣，不但能減少生氣，還會感染給孩子，讓他們慢慢學會思考、做自己的主人！

我的瓶瓶罐罐

我家有許多瓶瓶罐罐，有些是化妝品罐子，有些是泡菜、花瓜罐子，還有一些是孩子的彈珠汽水瓶子。我總是捨不得丟掉這些玻璃容器，於是它們慢慢變成我的玻璃收藏品。

前一陣子，我將橘子種子泡水後，種在化妝品的玻璃罐內，經過一番細心照顧，這盆迷你植物，現在為我家增添了不少綠意；綠色的彈珠汽水瓶，插上隨手摘來的野菊花，擺在粉色桌布上，便成了一件不凡的裝飾品。

那盆每天用洗米水澆灌的石蓮花，長得既茂盛又肥厚；為了謝謝一位朋友幫忙，我特地摘下數片，裝滿了一個花瓜罐送給對方，傳達我的感恩。

這些瓶瓶罐罐，令我樂得像小孩玩玩具一般，它們帶給我的滿足感，遠比金錢更豐富。這般簡單的快樂，不花一毛錢，卻持續好久好久呵！

Delete

早上八點鐘，電話鈴響，我故意不接；十點鐘，電話再度響起，我依然不接。

在與妳相識、擦出友誼的火花之後的兩個月，今天我終於下定決心，將你從心底除去。

曾經妳教會了我一件寶貴的事，那就是：朋友就像一本本不同的書，值得去翻閱。這改變我習慣對人消極被動的心態，重新定義「朋友」的價值，一度感謝妳把我從被動的慣性中拉出來，讓我像新生的嬰兒般，張開雙眸好奇地看著這世界。

妳的強勢和主導性讓你習慣輕視身邊的人，包括剛認識的我。起初我選擇包容，因為妳有所不知，同時心底也生起競爭對手的快感。我從妳身上學到做韓式泡菜的方法、買到便宜的土雞蛋，當我還在幻想可以向妳學其他的領域時，我卻愈來愈發現我們之間的不對等，好像無價的友情被秤斤秤兩地計算著。

終於，我發現：妳那包裹著柔情密意的友情，實則躲藏著銷售的目的。雖然我已經不斷地暗示，妳仍然不放棄把我視為可能的顧客。你不斷地改變自己來配合我，讓我覺得喘不過氣；最可怕的是妳釋出「付出一定要回報」的訊息，讓我不禁想起「致命的吸引力」那部電影。

終於，我輕輕地闔上妳這本書，我已經看過了，我不適合擁有它。

讓家人更溫暖給我抱抱

擁抱是人與人之間最直接、最無隔閡的溝通方式，我喜歡享受擁抱時，當下油然而生溫暖和支持的感覺。

在我們家，擁抱是隨時隨地在進行的行為，先生和孩子已習慣在上班上學前和下班放學後，進出門時和我擁抱，如果他們忘記了，我通常都會主動要求給我一個「愛的抱抱」！第二項必要的抱抱時間點，則是起床後和睡覺前，孩子們會找我抱抱，順便親親臉頰和手足；除此之外，我隨時會開口對家人說：「嘿！過來給我抱抱！」或「我要抱抱！」之類的話。

「擁抱」已不知從何時起，變成我們表達情感的最佳方式了。

記得看過報導說：當人們擁抱時，腦內的嗎啡和血清素會跟著跳躍，它會喚起人們在母親子宮時，那種溫暖、安全和無憂無慮的記憶。

其實，我對擁抱的定義很簡單，首先假設每個人內心都有一個盛「愛」的盒子，透過擁抱的方式，把我愛的能量盛放在對方的「愛盒」中，希望藉此讓對方更有力量；在互相的擁抱交流中，彼此內心的「愛盒」都能充滿，不至於乾涸匱乏。我想，愛的傳導，才是我們家大大小小愛上擁抱的真正原因吧！

繁花盛開的 想像

我是一個常常在大腦中幻想每天都有鮮花陪伴的主婦，在能省則省的原則下，這樣的幻想只能在圖書館中翻閱一些美化家庭的雜誌中滿足。

某天清晨，我坐在書桌前寫下我心中很喜歡的文字：「鬱金香、飛燕草、滿天星、風信子、天堂鳥、火鶴、波斯菊、風鈴草……。」大約寫了半張的紙後，抬頭望向窗外時，才驚覺自己所寫下的文字，竟然都是一些花卉的名字。

在一筆一劃書寫的過程中，我細細地咀嚼這些奇妙的文字組合，然後一邊讚歎取名者的聯想功力，一邊幻想著每一種花卉獨特的造型和神韻，而一天中美好的生命旅程就在繁花盛開的想像中展開。

今年海芋盛開的季節裡，我們全家恰巧去陽明山遊玩，一路經過的海芋田吸引孩子們的注意，於是我們親手採摘一束海芋帶回家。回家後將它插進陶器中擺放在客廳的桌上，在它盛開的那一星期裡，我經常訝異因為花的存在，讓整個客廳的氣氛變得非比尋常，從那一刻起，我便肯定鮮花在我生命中的價值和感動。

現在，當我心血來潮時，我會在市場買一束五十元的玫瑰、桔梗、康乃馨或一把一百元的香水百合，用它們來提升生活品質、提醒自己生命可以是既優雅又豐富的，而這種擷手可得的幸福價值感，只要花一點點小錢就可以辦得到喔！

用心照顧

我家陽臺的幾盆植物，由於疏於整理和照顧，葉黃、枯瘦，幾近凋零；加上孩子一向視陽台為玩樂處，小塑膠桶、小鏟子、澆水器……丟置在地板上，泥土、落葉散落四處。每天看著亂七八糟的陽臺，我心裡總是覺得不舒服。

有一天，我受不了，於是動手整理陽臺：先掃除泥土和落葉，清洗瓷磚地板，將玩具裝袋，挪移盆栽擺放整齊；再將枯黃的葉片剪去，把該換盆的植物移到更恰當的盆子裡，終於使陽臺景觀變得宜人。

接著，在每天上午太陽未照到陽臺前，給植物澆上充足的水；為了讓植物補充營養，我會將泡過何首烏茶包裡的茶渣、碎蛋殼，都加入盆栽土壤裡，成為植物養分。

種種美化工程持續進行了一個月，陽臺植物慢慢呈現欣欣向榮的模樣，尤其那盆火鶴長得枝繁葉茂，讓人看了欣喜，也感染它的生氣蓬勃。

搶救植物使我領悟到：照顧自己或家人，不也像照顧植物一樣嗎？需要溫柔呵護、提供有益的環境、充足的營養和運動，晒晒太陽，聽聽美好的音樂，並經常自我鼓勵：「你好棒！」

一個真正愛惜自己的主婦，情緒穩定，也充滿愛的能量，因此一定會知道如何去愛家人，讓人舒服自在；她會像一道溫暖的光，讓家人充滿希望和喜悅。用細心照料植物的心情，去對待自己和家人吧！如此，愛也會像水波漣漪般一圈圈的擴散出去。

把祝福傳出去

我上班的單位，今年依往例，在年底前發給每人五張新年賀卡。我記得前年十一月，剛到任時發的牛年賀卡，被擺在辦公桌上的文書夾內一年，一個月前整理時才扔掉。

今年拿到賀卡，我第一個念頭，就是要各寫一張卡片給兩個兒子的國小導師，感謝他們這一學期來的教導和照顧。沒想到，一開啟感恩和祝福的筆觸後，便欲罷不能，於是找到久未翻閱的聯絡本，又向同事再要了五張賀卡，便開始一一寫上祝福給老朋友；想想已經十一年沒寫卡片了，真是歲月匆匆啊！

十二月三十一日晚上，我又以簡訊傳送祝福給長輩和同事們，當天夜裡陸續回收到滿滿的祝福，讓我在充滿感恩和溫暖的氣氛下安然入睡，迎接新的一年。

這次的經驗讓我領悟到：主動送出祝福，自己得到的祝福更多！不要因為生活的瑣事和年紀的增長，消磨了表達祝福的熱情和勇氣，明年，我還會持續寫賀片，而且要祝福的對象將更多！

不一樣的早餐

一個星期天早晨，家人還在睡，我早起做了一點家事後，突然想給自己做一份不一樣的早餐。於是利用現有的材料，取了一個大碗，盛入熱鮮奶，放入三瓢的燕麥片；將蘋果和奇異果切丁後，再放入碗中，最後加入穀麥五彩脆圈，便成一道五彩繽紛的營養早餐，而且只花了十分鐘即告完成。

對於平日工作忙碌，少有吃水果的習慣，而且又吃膩了三明治和土司的我而言，今天的速食早餐，除了有牛奶的鈣和鐵、燕麥的膳食纖維外，早餐中加入水果，其實是一個簡便的好方法；另外五彩穀麥脆圈又增加視覺的享受，這道早餐帶給我充滿活力的一天。

如何在一成不變的生活中，尋找一些生活樂趣，實在需要一點嘗試和玩樂的心；從小小的習慣改變起，突破日益僵化的思維，不啻是一個簡單又容易的方法！這道不一樣的早餐，重新讓我啟動創造的樂趣，真好！

愛心零錢包

我在一家中國風的藝品店裡，精心挑選了一個小零錢包，它玲瓏小巧，讓我可以一手握在掌心，紫色繡花緞面的柔軟觸感，使我愛不釋手。

為什麼特地去買零錢包？這要從一位老人談起。

我在上班途中，過馬路要去搭公車時，經常看見一位七十幾歲的老人蹲坐在地上，販賣無花果、口香糖之類的零食。他總是用一種幾近哀求的聲音，對著來來往往的路人叫賣；雖然每一樣零食的售價只有十元，但我發現很少人向他買，大概一般人和我一樣，認為自己不需要吧！

有一天，我投了十元硬幣在他的販賣盒中，來不及看他的反應，便匆忙的去趕搭公車了；第二次，我又投了十元給他，沒想到他給了我一個燦爛動人的笑容，一掃之前可憐兮兮的模樣。那個笑容裡蘊含無限的感恩和希望，讓我一直很難忘懷。

從那天起，我開始準備十元硬幣，有時是誠意的供養托缽的出家僧尼，有時則向坐輪椅的殘障朋友買花，有時則投入置放在店家裡的基金會的募款箱。

做這些事情時，常讓我感到無比快樂，果真「為善最樂」！小小的十元硬幣，力量卻這麼大，可以給受者帶來希望和滿足，又可以給施者因為付出帶來快樂。為了拿取方便，我特地去買了這個零錢包，每天固定放十個硬幣，準備隨時付出愛心。

我很感謝那個老人，是他的笑容啟發我付出和給予的動力！

休耕 讓自己恢復生機

從家庭主婦轉變為上班族已經一年多了，這一段時間，我一直想要兼顧家庭、工作以及其他生活的面向，為了達到自己的理想，我耗費許多的心力，但結果，我只給自己打了六十分。

眼看著自己愈來愈衰老，內心那把熱情的火漸漸熄滅，鼓勵和安慰再也激不起任何作用，我想是該好好休息了。

如果把自己當作是一畝田，在過度耕種後，不斷地施肥已經沒有用了，只有不事生產，讓自己完全休息，才能夠恢復生機。

「休耕」就是讓自己放輕鬆，放下一切不耕作。不工作、不做家事、不想煩惱的事；去玩、去充電、去放鬆，要讓自己開心自在，要全心全意愛自己，在沒有龐雜的事務干擾下，不用去應付別人，要像孩子一樣開心地跟自己玩、取悅自己。

於是我希望自己在每星期中，抽出一天休假日當成休耕日，在這一天當中，放下所有的一切，不管事業、家庭和煩惱的人事物，忘記追求的目標，沒有成敗之心。

有時候只是去享受一碗豚骨拉麵，有時候去高檔餐廳享受被人服務的感覺，有時候只是去樹林來回地踱步，有時候則是去看一場電影。

帶著美麗的心情去一個平日不熟悉的地方，充滿驚奇地探險，充滿能量再回來，休耕讓我漸漸恢復生機，慢慢讓自己好起來！

醜女變美女

日前參加一個聚會，主持人播放了一部影片給我們觀賞，看完後，令我非常震撼，從此在內心產生了奇妙的改變。

這部影片的大意是，某一個偏遠小島的結婚習俗，是男人用牛隻來換娶他們未來的妻子，因此，女人的價值，取決於交換牛隻數量的多寡，而當時的最高紀錄是四頭牛。

有一個被大家公認為島上最醜的女人，連她的父親都深深地引以為恥。但是，有一天，一個非常富有的男人向她的父親表示：「我願意用島上最多牛隻的數量，來交換您的女兒。」這件事很快傳開來，大家都認為這個男人是不是頭殼壞掉了？但他真的用八頭牛換來他未來的妻子。

他們結婚一年後，這個富人向島上的商人訂製了一面鏡子，要送給他的妻子。當商人將鏡子送到他家時，富人的妻子正巧從房裡走出來，商人看了嚇一大跳，原來的那個醜女孩不見了，站在他面前的是一位非常美麗動人的女子。

男人向商人解釋道，說他從小就喜歡上他的太太，並立志要娶她為妻。婚後，他非常疼愛妻子，因此她就變得愈來愈美麗了。

這部影片令我感悟良深，原來「愛」是如此地神奇，可以讓醜女變美女，可以使人脫胎換骨，讓一個人發光發亮、獲得重生！

我並不是醜女，但也沒有男人自小立志要娶我為妻；可是，我相信宇宙間有一股愛的力量，在支撐、關注著我，讓我能隨時擷取這分愛，將它保留在心中，使我在看待萬事萬物時，都能用美的角度去面對，那麼，我將因為心中有愛，而讓自己永遠耀眼迷人！

四十歲大夢

一位老同學在臉書上記錄他自行車環島之旅的經過，並且分享沿路拍下的美麗風景照片。我很好奇，是什麼動機讓已是中年的他，還像小夥子一樣去「勇闖天涯」呢？

他寫信告訴我：「你還記得嗎？大一時，全校土風舞比賽，我們班得到第一名，那時候我二十歲。現在我四十歲了，我要去實現自行車環島旅行的夢想。」

好浪漫呵！老同學還記得二十年前那個瘋狂慶祝的夜晚。二十年後，他大概想為自己的中年留下一個難忘的回憶吧！

這讓我反思自己的生活，除了工作就是家庭，穩定又規律的節奏，已經讓我忘記築夢這件事了。如果人生以八十年來看，那麼後半生該如何去過呢？

有人四十歲才開始學鋼琴，為了彌補幼年家境不許可的缺憾；有人拍起電影，邀觀眾和他一起圓夢；也有人放棄高薪，只為打造心中的夢想屋；有人選擇去航海；也有人跑去學攝影、烘培……原來，四十歲才開始做夢的人還真不少！

我的四十歲大夢，就是期望更多人看見我的文章，但願文字會發光，帶給世人幸福和希望的感受。有了這個大夢，我的生活突然變得很有目標。有美好的夢想在前方指引，人就會越活越輕鬆，而且越來越有活力。難怪有句話說：「有夢最美！」

觀想的力量

我最近發現一個方法，可以快速讓自己擺脫緊張和束縛的情緒風暴，那就是透過「觀想」的力量。

起初是因為做瑜珈體位法時，當我做眼鏡蛇姿勢，就盡量想像自己變成了眼鏡蛇，觀想愈久，不但不覺得蛇可怕，反而可以感受到蛇的智慧和靈敏；做魚姿勢時，又變成了魚，似乎感受到水的清涼及在水中游來游去的快樂；做蝗蟲姿勢時，想像自己變成了後半身翹起的綠色蝗蟲，無形中如攫取了牠強而有力的彈跳力量。

每次做完瑜珈體位法，因為透過觀想讓自己的意識擴大，物我兩忘時，好像在瞬間，與萬物的能量做交流，因此感到身體愈來愈健康，精神愈來愈飽滿，練習久了，現在就算不是在家做瑜珈，當我在搭捷運的空檔或上班疲累時，隨時可以天馬行空地想像自己像一棵大樹、一朵白雲或是遨遊於萬里長空的鷹，這樣的想像讓我的心情愈來愈開朗、心靈愈來愈豐富。

再往高一層的境界則是想像自己變成了他人。當你變成了別人，進入到他的身體裡，感受到他的感受，我發現當我這麼做時，一瞬間拉近了與他人的距離，對方很快會被我吸引也對我釋出善意，人際關係也迅速改善。

「觀想」讓我擺脫負面情緒，同時衍生強大安全感，讓我的生命更茁壯！

佈置一個包包

使用了一年多的手提包破舊了，我特地去逛街，挑個實用的新包包。

它是一只紅色緞面蝴蝶結搭配小碎花布的可愛包包，遠遠望去，挺搶眼的，側背起來照鏡子，洋溢著青春氣息，讓我自覺年輕了好幾歲；而且它的價格遠低於一些名牌包，頗讓我覺得物超所值。

回家後，開始把物品裝到新包包裡：桃紅色的皮夾、藍綠色的化妝包、紫色繡花布面紙包、深粉紅筆袋、太陽眼鏡、數位相機、手機、小零錢包、隨身碟、筆記本、備用手機電池、悠遊卡和鑰匙，除了這些必備物品外，還可再放進一本隨時想看的書，容量超大又便利，讓我省去另提紙袋的麻煩。

後來，我又去買了個水藍色日本花布的環保筷套子，擺入不鏽鋼筷子；最後，在拉鍊上繫上一對貔貅玉墜子，終於，佈置好一個一應俱全的手提包。

每當我背著它出門，內心自然升起快樂和踏實的感覺，我想原因在於，我先認真的挑選包包，然後在裝置的過程中，因為細心去思考需要攜帶的物品，而漸漸愛上它。

由佈置包包這件事讓我領悟到：如果對一件事認真耕耘，朝著完善的方向走去，這樣的付出一點也不會覺得累，而且會慢慢愛上你所做的事；相信生命中其他的目標也是如此，由小成功到大成功並不難呢！

頂樓上的早餐時光

夢想在頂樓上吃早餐已經有一段時日了，終於有機會實現這個小小心願。

這天休假，晨起為孩子們準備早點，等他們出門上學後，我就開始著手料理我的早餐菜單。首先將半顆小南瓜切塊放進電鍋蒸熟後，待微涼，倒入一杯原味優酪，再淋上少許的蜂蜜，加入幾顆葡萄乾，便是一道「南瓜優酪沙拉」。

然後拿出鮮蓮藕洗淨切片，放入果汁機中加入冷開水，打成汁後過濾藕渣，再加入少許蜂蜜，就是一杯「蓮藕蜂蜜汁」。

這兩道輕食料理，都有「健胃整腸、排毒美膚」的功效，最後再加一碗昨夜的剩菜「空心菜炒鹹蛋」，將這三道料理盛放在春竹茶盤裡就是專屬我的頂樓早餐。

搭電梯到十四樓樓頂，將綠色的沙灘椅擺在陰涼處後，坐下來愜意地享受早餐。

早晨的空氣清新涼爽，微微的清風吹拂過雜草蔓生的花叢，空氣中瀰漫一股青草香。在這個寧靜時光裡，我可以遠眺霧茫茫的淡水河出海口、被雲霧遮掩半個山頭的觀音山，還有那往來淡水和八里如玩具船的渡輪；還可以欣賞到小蜜蜂親炙咸豐草的畫面、紋白蝶在身旁四處翻飛，我還救起一隻在磁磚地面上努力彈跳的小蚯蚓，儘管害怕軟滑的蟲類，但想到牠可能會在陽光下脫水，曝曬成乾，還是趕緊將面紙覆蓋在牠身上，將牠放回草叢裡回歸泥土。

寧靜悠閒的時光是孵夢的溫床，吃完早餐後，我拿起筆來，寫下我發夢的字句：「一個擺滿世界文學名著的書櫃。」「一個放滿各式栽種在不同花器裡的多肉植物的架子。」「一個擁有不同顏色洋裝的衣櫥。」「一間佈置溫馨，各式炊具、料理材料俱全的廚房。」「一間整潔舒適，有各種手工皂和有機花草沐浴用品的浴室。」……光是寫下這些夢想的字句，就夠讓我沉醉了，若真能實現，又是何等的幸福啊！一想到我的生活被這些大大小小的夢想所圍繞，頓時覺得人生是如此的有趣啊！

冥想之樂

從去年又濕又冷的冬季開始，每天早晨我總得待在溫暖的被窩中一陣子，才捨得離開床榻去梳洗。每當賴床的時候，我的大腦因為剛甦醒，尚顯得混沌不清，在夢與現實的交界處，身體是放鬆的，呼吸是平緩的，總有一種安樂的感覺。

某一天清晨，當我又賴在床上享受片刻的寧靜時，我突然聽見自己的聲音，來自心靈深處呼喊著我的名字說：「ＸＸＸ，你是最棒的，你是最善良的，你是最美麗的和最有價值的，每個人都很愛你，每個人都對你很好，你對每個人也都心存愛和感恩！」當時還嚇了一跳，因為平日還真少聽到這麼多讚美的話呢！

我記得那一整天，我的心情是飛揚快樂的，因為選擇相信自己的讚美，那些聲音變得有能量，讓我覺得自己真是棒呆了！

從此以後，每天清晨醒來的第一件事，就是躺在床上，放鬆心情，自然地進入冥想狀態。有時，我會告訴自己：「ＸＸＸ，你擁有一個美滿的人生，你是幸運的！」有時，我會想像自己坐在大樹底下，全身充滿金色的光芒，彷彿陽光的熱量聚集在我身上，使我溫暖起來；最近，則學會去想像一幅畫面，畫面裡有我夢想的事物，例如：今天打算裝扮的模樣，明天早餐的菜色，期待粉刷的牆壁顏色，想學會唱的偶像劇主題曲……等。

小到日常生活中的芝麻小事，或是我渴望擁有的實體物件，大到幻想未來想要達成的夢想目標，都可以透過冥想，在短暫的時刻中完成並實現。

因為回歸到內在的本我，自己擔任導演、編劇和演員，可以盡情沉浸在各種想法中，擺脫了左腦理智的「不可能」，這種快樂讓我開始樂此不疲地去尋找構成冥想的材料，從書報雜誌、電影、大自然……之中，記下這些點點滴滴的元素，存在大腦的記憶夾中，經過時間的沉澱，透過冥想，說不定哪一天真的可以「夢想成真」呢！

種下一棵希望樹

最近看了一齣數年前很紅的偶像劇，戲中平凡似便利貼的女主角，有一個珍藏多年的許願盒，裡頭放著她從小到大曾經許下的願望字條。她的願望記錄了每一個時期平凡又切實的渴望，令人看了心有戚戚焉。

有一天，我心血來潮拿出今年的年誌本，翻開封面後，在第一頁的上方，隨手寫下「2012希望簿」這幾個字。接著就開始寫下我每一個希望，就像那個女主角一樣。

「我希望我能好好享受生活的樂趣。」

「我希望我能時常讚美我的孩子。」

「我希望在家裡可以得到尊重、關心和愛。」

「我希望我可以自然地寫出精彩動人的文章。」

「我希望我能對任何一個人，任何一樁事情都心存感恩。」

可能是愈寫愈順手，「希望簿」讓我寫上了癮，欲罷不能。我將它放入包包隨身攜帶，搭車的時候，會拿出來讀一讀；想到什麼要補充的，也會隨時拿出來寫一寫。於是，生活就被這些大大小小的「希望」給包圍住了，叫人自然地快樂起來了。

我還把它想像成一棵綠得發光的「希望樹」，期待每個願望經過陽光、空氣和水的滋養之後，終有一天時機成熟時，會結出滿樹的希望之果。而我只要忠實而誠懇地守候住心中的這棵樹，讓它持續地成長、茁壯，相信有一天，我終究可以享受到希望之果帶來的豐盛滋味！

肯定句練習 建立自信心

曾經在某篇人物專訪中，讀到這則對話：「如果重來一次，除了這個身分，你會選擇什麼樣的人生？」名人回答說：「我不會選擇其他身分，我很開心當自己，覺得很幸運。」

我當時很感動，覺得他是一個懂得肯定自己的人，同時也希望和他一樣，覺得自己是受到上天祝福與恩寵的人。

有一天，突然有個靈感，開始用肯定句寫下心中美好的感覺，比如說：「我覺得面帶微笑是一件很棒的事。」「我覺得可以為家人付出是一件很棒的事。」或是當完成某些事情，我會大大誇獎自己一番，好比如：「我到頂樓去曬棉被，我真棒。」「做了踩腳踏車運動和蛇式瑜珈，我真棒。」每次當我寫下一句肯定話，就像在我心裡按了一次「讚」般，真叫人開心。

後來，我愈來愈有自信，語氣也變得更直接：「我肯定自己勇於面對，勇於承擔的作法。」、「我肯定自己把家庭經營好的想法和決心。」

我發現當習慣肯定和讚美自己以後，就較容易接受和肯定他人了。相信對自己有美好的感覺很重要，形諸於筆墨更能發揮力量，肯定句練習，為我建立自信心，也吸引好的事物來到我身邊。

這是個很棒的練習，每天用最簡單的方法為自己加油打氣，大人小孩都可以試試看！

五、育兒錄

家庭氣氛影響孩子情緒

前陣子，我那活潑快樂、就讀幼稚園的兒子，半夜頻頻出現作噩夢的情形。孩子驚恐的表情與胡亂的言語，讓人看了十分不捨。

起初，我們夫妻以為是看卡通的後遺症，所以嚴禁他接觸聲光刺激太多的影片，但情況並沒有改善。後來請教老師孩子上課的情形，以及與同學的互動狀況，都問不出個所以然來。

於是，我和孩子的爸開始深切反省：我正熱中於新的工作領域，心中所思盡是如何提升自我能力，難免忽略孩子；先生也剛好在工作上被賦予改革的責任，承受不少壓力，回家面對孩子的調皮難免不耐。

不敢確定問題是否出在兩個大人身上，但我們相約不把工作情緒帶回家裡，對待孩子的語氣也大幅改變。同時重新為他布置一個溫馨的房間，製作愛的小點心，隨時不吝給予擁抱和讚美，以及每晚睡前的親子共讀活動。因為用心的經營，家庭氣氛變得更和樂，親子關係更和諧。

一家人恢復了爽朗的笑容與熱情，一個月後孩子也回復以前可愛的模樣，半夜驚醒的情況不再發生。

這個突發事件，使我深刻體會到家庭氣氛對孩子情緒的影響，當我們期盼他們活潑快樂、聽話懂事的先決條件，應該是要先提供一個溫暖關懷的環境給孩子。

雞蛋布丁DIY

每天孩子放學後，精力旺盛的他們早已在學校消耗不少熱能，回到家肚子咕咕叫。為了避免他們食用只有熱量、沒有營養的零食，我最近興起做羅漢果凍當成下課後的點心，孩子們接受度很高，看來，果凍類的食品頗能得到他們的青睞。

星期天的早晨，剛起床的小兒子跑到廚房，對我說：「媽媽，您可不可以做雞蛋布丁給我吃？」禁不住他再三的哀求，我答應了，但條件是他們必須一起幫忙。

我沒做過雞蛋布丁，還好家裡有一本製作果凍的食譜，我請孩子翻開食譜，然後我們一一按照書上的步驟開始進行：首先準備350cc、高過80℃的熱水，然後加入四匙奶粉、二匙糖、一匙膠凍粉及一顆生雞蛋，充分攪拌均勻後，最後倒入模型，等待冷卻，便大功告成！

整個過程中，我看到平日經常為小事爭吵的孩子，這時卻懂得分工合作；大兒子也從中提出如：「生雞蛋是否會熟？」的疑問。這一次親子DIY活動，不僅讓一家人吃到安全又營養的雞蛋布丁，同時也讓孩子學會運用身邊現有材料，製作自己想要的食品；更因為共同參與的美妙經驗，讓親子之間的感情更加親密、活絡。

家長參與 讓孩子喜歡上學

我家有兩個寶貝，今年正好都是新生入學，一個唸小一，一個讀幼稚園中班。老大上過小學附幼，對學校的環境熟悉，比較沒有上學恐懼症。老二則從小害怕新環境，對學校和老師有莫名的恐懼。

開學前一天的新生家長座談會上，老二就狀況頻頻，當全班小朋友都上臺領禮物拍照時，他卻在臺下哭了起來，我立刻覺得不妙。

為了減低孩子的焦慮，我慫恿先生當家長委員，希望藉由我們對學校的貢獻，讓孩子感到光榮，進而喜歡學校的環境。

另外，我與孩子約定：在開學的第一週陪他進教室，而且陪伴的時間由長漸短。孩子放學回到家，我也不斷的灌輸他們學習的好處，鼓勵他們說說學校上課的情形，遇到有趣的事，我就故意誇張的笑，讓他們感到上學輕鬆有趣，不是嚴肅的事情。

與老師之間良好的溝通互動更是重要，對辛苦的老師，我總是抱持著尊重與感恩。大人之間良善的往來，孩子感受最深也受惠最多，兩個孩子很快樂的融入學校生活，我用心的付出終於有了成果。

媽咪放輕鬆

孩子放假期間，我感到異常的煩躁不耐。也許是平日小孩上學、先生上班後，可以自由的安排讀書、寫作、練瑜珈或四處走走看看，情緒有紓解的空間；但是，放假期間可不一樣了，鎮日為孩子們忙碌，料理三餐、陪讀童書、帶他們出遊，還必須操持洗衣、拖地等家務，夜晚好不容易要入睡了，時常又被孩子的夢中囈語驚醒。

一直到我過敏的舊疾復發，孩子成了我叨念的出氣筒、心情再也無法飛揚起來時，我才意識到是因付出太多而疲累匱乏的憂鬱感作祟，讓我暴躁易怒，一點也不快樂。

既然知道原因，我特別安排一個空閒的午後，一邊聆聽蕭邦的鋼琴曲，同時放鬆身體做伸展瑜珈，全身血液暢通後，泡進一缸混合著薰衣草牛奶與紅酒的泡澡水裡，自南非帶回的長頸鹿圖案手工蠟燭，灼灼的燭光讓我回憶起在大草原上，乘吉普車尋獅探獸的情形；而啜飲冰涼的小麥草汁和葡萄乾，則讓我升起有如小孩子偷吃零嘴的快感。

在身體發熱、汗水淋漓後，我不但感到身心舒暢，最高興的是找回年輕，連日來「歐巴桑」的感覺一掃而空！

假期終於結束，孩子們回復正常的學習生活。下個長假來臨前，我已經知道該做好萬全計畫，讓他們有個充實又有趣的假期，也讓自己有機會做一個「快樂俏媽咪」！

晚餐後的讚美時刻

許多年前，我在學校修習「社會工作技巧」課程時，老師曾經要我們每個人輪流當主角，讓其他同學輪流對這個主角說一句讚美的話，這個活動名為「讚美轟炸」。

我對當時的情景印象深刻，同學讚美的話語依稀還記得，那種彷彿是巨星般站在舞台中央，接收各方大力禮讚的美妙經驗，讓我留下美好回憶。

某一天晚餐過後，我突然心血來潮，也想創造屬於我們家庭的「讚美時刻」。首先挑定大兒子當主角，站在我們面前，由我先示範說出兒子的優點，也許我這當媽的平常超愛摟摟抱抱外加甜言蜜語，顯然他對我的讚美似乎已經習以為常；輪到爸爸時，聰明的他大概已經體會到遊戲的趣味，便心情昂揚的大方舉出兒子的各項優點，此時，我看到孩子的臉上放射出耀眼的光芒，像有五百燭光，表情也是笑得合不攏嘴。

兒子大概沒想到，在嚴格的父親心裡，他還是很優秀的。而我也沒想到，這麼簡單的遊戲竟然大大的增強孩子的自信。現在，「讚美時刻」變成我們家晚飯後的遊戲，每天都有一個人上場當主角。孩子們除了獲得被讚美的喜悅外，也在學習找出別人的優點，並大方的說出來呢！

善用繪本，輕鬆教育孩子

我們家有兩個年紀相近的兒子，我是個巨蟹座媽媽，時常努力營造和諧的家庭氣氛。但是事與願違，不管我如何苦口婆心相勸，他們兩兄弟仍然不時為小事而爭吵不休，讓我很頭痛。

日前我們母子三人共讀圖書館借回來的繪本，其中一篇「三兄弟」的故事，剛好協助我教育孩子和睦相處的媒材。它的內容描述三個各有本事的兄弟，誰也不服誰，時常小題大作爭吵不已。有一天他們的父親突然生重病，他們三兄弟必須前往遙遠的地方採摘解藥，在驚險的歷程中，他們互相運用自己的本事解救對方的性命，最後終於成功達成使命，救了父親。

故事結尾的一句話：「如果沒有合作，我們永遠不會成功！」讓我們母子受益良多。隔天我觀察兩兄弟的相處，發現微妙的變化：哥哥不再嫉妒弟弟得到關愛，弟弟也很願意幫忙哥哥了。

現在的孩子個個都是寶，人人都覺得自己最棒，就像那三兄弟誰也不服誰。但是如果在家裡或學校，孩子們各自堅持己見，互不相讓，家長和老師一定相當難為。透過親子共讀，孩子從繪本故事中所領悟的道理能更具體清晰，父母們若能善用身邊的繪本媒材，教育孩子必能事半功倍，孩子的品行也會在潛移默化中改變！

像螞蟻一樣小

我們家五歲的喬一向不太喜歡吃肉，我時常得別出心裁做出好料理吸引他。這一天，我精心烹調了一道「麻婆豆腐」，色香味俱全已讓家裡其他人吃得讚不絕口，但見喬仍然遲遲不敢嘗試。

我苦口婆心地引誘他試吃一口，他看我滿臉的期待，不忍拒絕，只好勉為其難地吃下。接著問他：「好不好吃？」他小心翼翼地說：「大部分都很好吃，只有像螞蟻這麼小的不好吃！」

喔，真是有創意的說法呀！

課前儀式

幾個月前，剛讀幼稚園的兒子，每天總要和我磨蹭一會兒才肯進教室。剛開始母子倆總盡情的玩這個「課前儀式」，不料，過沒多久，其他小朋友開始嘲笑我家兒子，連某個大人也看不慣我們這般親暱的舉動。

有一天，我到頂樓去散步、整理思緒，隨手摘下一片栽植在那兒的薄荷葉嗅一嗅，頓時清新得讓我忍不住一再嗅聞。這令我聯想到兒子進教室前，總要嗅一嗅我的手、親一親我的臉才肯進去的情形。這個儀式代表「支持」和「安慰」，對他一天的心情有一種安定的開始，這是多麼重要哇！這種安慰，就像此刻的我，透過「聞薄荷葉」的儀式來安定心神一樣。

接下來的日子，我堅持繼續陪他到教室門口，持續陪他進行這項儀式。對年紀小的孩子來說，離開母親其實是一種煎熬，孩子緊張、焦慮的情緒，必須透過某些他自己認可的「儀式」，來換取一些許安全感。我身為母親，為了安定孩子的心情，是應該盡力滿足他們的心理需求哇！

過了這一段關鍵時期，現在孩子已不大需要這個儀式了。他每天快快樂樂的進教室，跟我道再見。這時候，反倒是我會想念過去那段親臉頰的時光，偶爾我也會撒嬌似的向他要個擁抱，才能安心的跟他道別呢！

美好品格

上星期我參加的親職成長課程，老師要我們畫下自己的形象。我畫自己有一頭浪漫的長捲髮，髮上還別著鮮花；頸部戴珍珠項鍊，身著飄逸衣裳，洋溢著微笑，這是我近來改變造形後的樣子。尤其是我這頭夢幻般的髮型，已讓我開心好幾天了，整個人連帶也充滿自信，我打從心底感謝那位幫我燙髮的設計師。

設計師是個年輕的男孩，講話輕聲細語，身段很柔軟。跟顧客解說費用時會蹲下來，拿計算機算給你看；還不時問顧客累不累，要不要來一杯茶。年輕設計師對助理小妹也是態度溫和，而且不吝隨時教導她；最重要的是他對自己的髮藝很有信心，不但會行銷自己，還會繪出每個顧客專屬的髮型藍圖。他的服務讓我有被視為貴賓的尊貴感受，也讓我相信自己可以經由他的巧手設計，變成美麗公主。

我在這個年輕設計師身上，看到有許多美好的人格特質：溫柔、誠懇、體貼、尊重、熱忱。而且聽說他很敬業，極少休假，工作勤奮。如果服務業者都像他一樣，怎怕沒有顧客，賺不到錢呢？

感謝上天，透過一位設計師，讓我看到「品格」在這個社會上的意義與價值。我相信，一個品行良好的孩子，一定能有一片他可以自由揮灑的天地。

愛情刀

放學去接兒子，看他手上拿著一件美勞作品，是用各色的壁報紙和膠帶作成的，裝飾得很漂亮；因為樣子長長的、有著堅固的柄，所以我猜那是一把劍。

我拿起它，誇張地欣賞道：「哦！這是你的『尚方寶劍』！」

「什麼『尚方寶劍』？這是我的『愛情刀』啦！」兒子解釋說。

「愛情」刀？？五歲的孩子懂什麼？我一臉狐疑，趕緊問他從哪裡聽到「愛情」這兩個字。

「從妳的CD呀！」兒子說。

「那『愛情』是什麼？」我又問。

「『愛情』是一件美好的東西呀！」兒子笑答。

喔，看來教育環境真的很重要！

小小約會

早上送孩子上學時，小兒子手上拿著兩根細竹子把玩，和哥哥邊走邊玩，一不小心差點戳傷哥哥的眼睛。我一氣之下，奪去他手中的「玩具」扔在路旁。兒子被我粗魯的動作一激，氣急敗壞的哭叫。我小聲的訓斥他幾句，最後孩子帶著悲憤的情緒進入教室。

回家後，我察覺自己處置失當，可能傷害了孩子；同時，也讓我想起這學期自己還沒和孩子們單獨約會呢！

下午小兒子下課，我特地買了他最愛喝的「巧克力布丁奶茶」帶去給他。離開學校後，我們沒有直接回家，而是一起到小公園玩耍。看他在石子小徑上跑步，在假山坡上攀爬；一會兒追蝴蝶、一會兒跑來我身邊，要我說故事給他聽。我專心注視、欣賞他，孩子很開心的對我說：「這是我和媽媽的小約會！」

在帶孩子的過程中，除了平日苦口婆心的勸導外，偶爾創造和孩子單獨相處的時刻，反而能用軟性的方式達到教育效果。由於沒有第三者的干擾，孩子能獲得父母專注的對待，自我評價因而提升；也因為父母的愛與接納，無形中，孩子把父母的期望放在心上。

起床囉，媽咪！

星期六的早上，賴床到七點半，聽到廚房裡傳來嘰哩咕嚕的聲音，心想孩子們不知道在琢磨著甚麼遊戲？

一會兒，聽到叩門聲，「起床囉，媽咪！」只見兩個孩子合力端著托盤，小心翼翼地走到我床前，「這是我們幫您準備的早餐！」孩子們興奮得說著。喲！這可是第一次耶！托盤裡有一杯冷綠茶、一瓶發酵乳、一大碗切片的芭樂和一小碟的梅粉。我津津有味地吃著孩子們精心設計的早餐，還發出讚歎聲。

第一次翻開「媽媽的甜蜜小麻煩」這本繪本時，覺得很貼心，書裡描繪的小麻煩，彷彿就是我家的小兒子。買回去後，這本書果真成為他的最愛。他總是不厭倦得央求我一遍又一遍地唸給他聽，他的喜愛感染了哥哥，直到我戴上他們親手做的皇冠、收到他們製作的愛心卡片、還有充滿驚喜的早餐，我才知道這本繪本對他們的影響力有多大。

繪本所描述的情狀被孩子們深深內化在心裡，孩子的行為不知不覺中也模仿它。這讓我突發奇想，哪天我可以當個翹著二郎腿的媽咪，因為孩子透過圖畫書，已經知道如何幫忙做家事、如何主動去做功課、如何……。也許這是夢想，但夢想也可能達成，只要大人們先想想如何創造出一本本走入孩子心靈世界的童書，讓他們產生認同，讓他們有感受，那麼美夢就可能成真！

美麗的晚年

一個風和日麗的下午，我突然心血來潮，騎著摩托車載兒子去碼頭尋找難得的優閒。

走在碼頭前的廣場上，湛藍的天空，讓我心胸開闊；青綠色的草地，滋潤我疲憊的雙眼；沐浴在暖暖的陽光下，令我感到舒暢無比。

悠揚的樂聲，回蕩在碼頭的四周，我們往搭乘渡輪的方向走去。途中經過商店街，一個大型招牌上寫著「巨無霸冰淇淋」，瞬間吸引了兒子的目光；而我卻注意到在招牌旁的行人椅上，坐著一對正在分享、品嘗一客冰淇淋的老夫妻。

老夫老妻鶼鰈情深的樣子，深深吸引我。我覺得他們才是賣冰淇淋商家的最佳廣告。他們互相照顧、攜手共度晚年的景象，讓我念念不忘。所謂「執子之手，與子偕老」，不就是這樣的感覺嗎？

這幕美好的畫面，烙印在我的大腦裡。我希望在我遲暮之年，這個畫面裡的主角能夠換成我和他，兩個人慢慢老去，依偎著享受晚年。

床邊電影

週日晚餐前，孩子在房間裡神秘兮兮的不知做些什麼，只要我走近，他們便哇哇叫，不准我接近。

飯後，老二悄悄來到我房間問：「媽咪，什麼時候可以『演電影』給你們看？」我和先生覺得好奇，於是坐在床上當起觀眾。

孩子關掉了電燈，拿出四張畫作當螢幕，並用手電筒照亮畫作，我家的「床邊電影」便開場了。

首先登場的是：晴空下，玉米田裡有一隻戴著皇冠的小恐龍丁丁，牠的表情豐富，嘴巴還吐出兩個愛心。第二幕是：微笑的太陽公公和白雲伯伯，以及一隻背著綠背包有褐色斑點、黃尾巴的小狗胖胖。孩子說，丁丁和胖胖從小就是玩伴，感情非常好。第三幕的畫面出現了一隻可愛小動物，被蝴蝶和花朵圍繞；據孩子說，牠是丁丁和胖胖的「愛情結晶」。最後一幕是：這三隻動物住在一間大房子裡快樂生活。

看完這部溫馨的家庭電影，我有一股喜悅感。孩子們會畫、會說、會導、會演，他們把想像具體的呈現出來，用故事回饋我們。這讓我明瞭：用故事滋養孩子，可以如何的豐收！這天，我家裡的床邊電影，讓我深刻感受到孩子活躍的生命力。

經營幸福滋味

一天中午，孩子們突然說想吃鍋貼，於是我們便隨意光顧一間鍋貼店。

站在店門口，我們看著老板把生的鍋貼小心翼翼放入鍋中，一個一個排列整齊，並且隨時調整鍋貼的位置；然後淋上一層白色汁液，蓋上木蓋。

隨後，撲鼻而來的濃濃香氣，讓我們感到飢腸轆轆。

看到老板這麼認真的對待鍋貼，讓我很感動。雖然我還沒有品嘗過他做的鍋貼，但是內心已經可以感受到它的美味，因為我看見他那珍惜的心。

回家後，我和孩子迫不及待的打開一嘗，他的鍋貼果然和別家的不一樣，餡裡增加了粉絲和小蝦米，底部外皮酥脆可口，外型也飽滿可愛，是讓人吃起來、看起來都會很幸福的鍋貼。

老板用心、認真的為客人經營幸福滋味，彷彿提醒我要珍惜身邊的人事物；當我們能發自內心的呵護，不僅會讓自己感到知足、快樂，也會感動身邊的人，引發一連串正向的改變。

不久，我們再度光臨這家鍋貼店時，發現店家的門面已翻新，生意興隆，愈來愈受顧客肯定。可見，和我一樣被老板感動的人愈來愈多呢！

催眠遊戲

家裡有一張「領導者必備的品格特質」卡片，是以前我參加品格教育研習會所發的資料。卡片上列有七種考量向度，在每一種角度下又各列出七項品格特質。

有一天，我無意間看到這張卡片，腦袋突然閃過一個念頭：為何不在孩子睡前，為他們念出這些品格特質呢？

於是，我對孩子說：「我們來玩一個睡前催眠遊戲，我假裝是巫婆，要向你們施魔咒，這個魔法會讓你們變得更好！」孩子聽了覺得很有趣，便輪流躺下，然後閉上眼睛，等我施法；我一邊撫摸他們的頭，一邊輕聲念出「品格咒語」：「理想家必須正直，肯接受批評、勇敢改正……。品格特質有誠實、順服、誠懇、美德、勇敢……。」

孩子很喜歡這個催眠遊戲，我發現這個睡前功課也有助於穩定他們的情緒，提升睡眠品質。原先我不知道效果如何，直到有一天，我問孩子：「品格魔咒到底對你們有沒有幫助？」沒想到孩子們爭著回答：「有哇！媽媽，我有做到溫和、慷慨、寬容……」出乎意料的回饋，讓我覺得高興，因為這種遊戲還真的發揮了效果呢！

不插手 大智慧

有一次機會，我和傳教士姐妹聊到處理憤怒情緒的話題。日常生活中，我們面臨內心充滿憤怒時，該怎麼做才好？

那個姐妹說：「我通常不回應對方的情緒，然後離去！」我問：「為什麼不當場把想法表達出來？」她回答：「我認為，大聲回罵或被激怒說出刻薄的話，對雙方都是傷害。所以，我不會這樣做。」

她的處理，令我印象深刻：離開現場，不傷害別人，然後到別處把壞情緒發泄出來；待彼此冷靜，再與對方溝通。看來這似乎是一個很平和、降低傷害的處理方式。

突然我想到自己最常被激怒的狀況，莫過於家裡兩個孩子吵架的時候。以前，我總是扮演仲裁或和事老的角色，一方面要哥哥謙讓，一方面要弟弟尊重兄長；但儘管我說到喉嚨沙啞、眉頭出現皺紋，兄弟戰爭仍不斷上演，紛擾不曾停歇。

我靈光一閃，嘗試用這個方法來處理兩兄弟之間的戰爭。當他們一開始吵架，快激怒我時，我鐵了心腸，不理會他們的爭執，立刻離開那個令我生氣的現場。當我這樣做時，孩子停止了爭吵，他們很訝異我如此反應；後來，他們再吵架時，我都如法炮製：不理會，然後轉身離開。

幾次後，我發現這樣的處置效果非常好。我不再隨孩子的爭吵起舞，憤怒的情緒無法攻擊我的心；也許是母子連心，兩個孩子很快就了解我的心思。

其實，我不介入孩子的紛爭，是用態度來表達尊重他們也有吵架的權利，讓孩子在吵架過程，學習如何各退一步，找到能夠和平相處的方式。離開現場，則是間接告訴孩子：我不喜歡吵架這種惡劣氣氛，我有權利選擇令自己快樂的環境。

現在，孩子已大大降低吵架次數了。至少，他們不再用爭吵來測驗媽媽比較疼愛誰，而我也終於學會了愛自己、尊重自己的感覺，以及無為而治的智慧。

後記

我自九十四年參加婦女新知協會的寫作班開始提筆寫作，這本書是將這幾年來發表刊登的作品集結成冊，若不是冥冥之中有一股力量催促著我，單憑我個人的能力，真不敢奢望能出一本書。浮生若夢，能達成出書的夢想，要感謝所有出現在我生命中的人，特別是我的家人；我的小學同學蔡富吉、大學同學林敬堯和陳玲珠，他們在百忙之中抽空閱稿幫我寫推薦序；我的朋友賴砡嬋幫忙攝影；還有博客思出版社幫忙編排出書。

生命像一條長河，閱過的風景不會再重複出現，即使再怎麼感動，仍然無法將它停留；就算曾經再難過無語的關卡，覺得無法忍受了，但等過一段時間再回頭望，你卻領悟那些都已經成為你的養分。鏡花水月般的世事，似真還假，只有當下的感受才是真的。希望有緣讀這本書的朋友，都能時時察覺自己內心的感受，在生活中擷取養分，讓自己習慣活在美好的感受中。

國家圖書館出版品預行編目資料

媽咪放輕鬆 / 洪金蘭著. -- 初版. -- 臺北市：博客思, 2015.2

面；　公分. -- (心靈勵志系列)

ISBN 978-986-5789-44-2(平裝)

855　　103025126

心靈勵志系列 32

媽咪放輕鬆

作　　者：洪金蘭
編　　輯：張加君
美　　編：常茵茵
封面設計：常茵茵
出 版 者：博客思出版事業網
發　　行：博客思出版事業網
地　　址：台北市中正區重慶南路1段121號8樓之14
電　　話：(02)2331-1675或(02)2331-1691
傳　　真：(02)2382-6225
E - MAIL：books5w@yahoo.com.tw或books5w@gmail.com
網路書店：http://www.bookstv.com.tw 、華文網路書店、三民書局
http://store.pchome.com.tw/yesbooks/
博客來網路書店 http://www.books.com.tw
總 經 銷：成信文化事業股份有限公司
劃撥戶名：蘭臺出版社　帳號：18995335
香港代理：香港聯合零售有限公司
地　　址：香港新界大蒲汀麗路36號中華商務印刷大樓
C&C Building, 36,Ting, Lai, Road, Tai,Po, New,Territories
電　　話：(852)2150-2100　傳真：(852)2356-0735
總 經 銷：廈門外圖集團有限公司
地　　址：廈門市湖裡區悅華路8號4樓
電　　話：86-592-2230177　傳 真：86-592-5365089
出版日期：2015年2月 初版
定　　價：新臺幣280元整（平裝）
ISBN：978-986-5789-44-2(平裝)